苏轼词集

［宋］苏 轼 著
刘 石 导读

上海古籍出版社

图书在版编目（CIP）数据

苏轼词集/（宋）苏轼著；刘石导读.—上海：上海古籍出版社，2009.8（2023.12重印）
ISBN 978-7-5325-5394-5

Ⅰ.苏… Ⅱ.①苏…②刘… Ⅲ.宋词—选集 Ⅳ.I222.844

中国版本图书馆CIP数据核字（2009）第125515号

苏轼词集

［宋］苏 轼 著 刘 石 导读

上海古籍出版社出版发行
（上海市闵行区号景路159弄1-5号A座5F 邮政编码201101）
（1）网址：www.guji.com.cn
（2）E-mail:guji@guji.com.cn
（3）易文网网址：www.ewen.co

制版印刷 上海丽佳制版印刷有限公司
开本 889×1194 1/36
印张 8 字数 160,000
印数 109,801－115,100
版次 2009年8月第1版
2023年12月第18次印刷
ISBN 978-7-5325-5394-5/I·2127
定价 25.00元

导读

刘石

一

11世纪中期的北宋，经过建国后数十年的休养生息，内忧外患虽未曾稍歇，社会经济、文化却得到普遍发展。一代文化巨擘苏轼，就出现在这一时期。

苏轼（1037–1101），字子瞻，又字和仲，号东坡，眉山（今属四川）人。21岁时进士及第，并为主考官欧阳修所激赏。后又应直言极谏策问，入第三等，名噪京城。先后在凤翔（今属陕西）、杭州、徐州、湖州（今属浙江）、登州（今山东蓬莱）、颍州（今安徽阜阳）、扬州、定州（今属河北）等地任职，又数膺京官。因党争之故，先后被贬黄州（今湖北黄冈）、惠州、儋州（今属海南），卒于常州。

苏东坡一生历经坎坷，辛苦备尝，有《自题金山画像》自嘲云："心似已灰之木，身如不系之舟。问汝平生功业，黄州、惠州、儋州。"但不论出处穷达，始终有四不变：辅君治国、经世致用的抱负不变，怜恤生灵、为民造福的思想不变，襟怀坦荡、独立不阿的品节不变，乐观豁达、幽默风趣的心性不变。正是这四"不变"，使他的人格熠熠生辉。王国维《文学小言》

六云：“三代以下之诗人，无过庄子、渊明、子美、子瞻者。此四子者，若无文学之天才，其人格亦自足千古。故无高尚伟大之人格，而有高尚伟大之文章者，殆未之有也。”足以表达后世学人对东坡人格的景仰之情。

苏东坡从生前直到今天，一直是中国人最喜爱的一位文人，除了人格的因素，也与他在中国文化史上的巨大成就密不可分。他是一个不世出的文艺通才，在文学艺术的多个领域都博学多能，允称巨擘。

他是中国诗歌史上的第一流大家，其诗歌今存二千七百多首，风格多样，而以纵放透辟、曲折澜翻为基本特色，也就是清人赵翼所称许的：“天生健笔一枝，爽如哀梨，快如并剪，有必达之隐，无难显之情。”（《瓯北诗话》卷五）他也是中国散文史上的第一流大家，向与韩、柳、欧三家并称，又位居唐宋八大家之列。其散文有四千二百馀篇之多，用他《自评文》中的话说：“吾文如万斛泉源，不择地皆可出，在平地滔滔汩汩，虽一日千里无难。及其与山石曲折，随物赋形，而不可知也。所可知者，常行于所当行，常止于不可不止。”这种从心所欲不逾矩的高妙境界，非文章圣手不能到。

苏东坡又是中国书画史上的卓然一大家，其诗画创作的成就不在诗文之下。他的绘画有真迹《枯木怪石图》留传于世，以笔墨写意趣，滋味浓郁，是文人画的典型代表。文人画不始于东坡，但他的画才是正式的文人画。因为从他开始，才着意倡导绘画的主观抒情性，摹写客观物象退到了次要地位。他明确提出“诗画一律”的概念，大大地促进了诗、书、画的结合。

在他之后，文人画才蓬勃地发展起来。他的书法如绵裹铁，温润而遒劲，人称“苏体”，其名亦列于“宋四家”之首。其作品传世颇多，以行楷《前赤壁赋》、行书《黄州寒食帖》等为代表，于晋人的萧散简远之外，偏重抒发个人意趣，具有浓郁的书卷气。人们常谓宋书尚意，苏书正是尚意的宋人书法的代表。

东坡词作今存三百五十首，数量远逊于他的诗文，在词作家中却属高产。尤其是就各类文体各自的发展历史看，苏词较之苏诗、苏文具有更强的突破性、更明显的创新色彩，是古代词苑中珍贵的艺术遗产。不过，与其诗文书画的众口交誉形成对照的是，苏词是词史上聚讼纷纭的一个对象，这恐怕也正与其所具有的突破性和创新色彩有关。

二

林语堂在他那部精彩纷呈的《苏东坡传》中说：“人的一生就像一出戏，只有落幕后才能判断这出戏的好坏。”这句话多少有些绝对。在苏轼逝世九百多年后的今天，在苏轼长达六十五年丰富辉煌的一出大戏落幕九百多年后的今天，姑且不论这出大戏的全部，仅就其中一幕的词作来说，戏主人表演的“好坏”是否已经“判断”清楚了呢？事情远没有如此简单。

九百多年来，东坡词领受的各式各样的评价，或钻皮出羽，揄扬升天；或洗垢索瘢，贬抑入地。就其丰富多样性来说，恐怕没有第二家可以比得了。我有时想，东坡泉下有知，会不会因某些不虞之誉而赧颜，又因某些求全之毁而抱屈呢？

谓予不信，请看仅晚东坡四五十年的两位词学家和词人的评价：

> 东坡先生以文章馀事作诗，溢而作词曲，高处出神入天，平处尚临镜笑春，不顾侪辈……东坡先生非醉心于音律者，偶尔作歌，指出向上一路，新天下耳目，弄笔者始知自振。

> 至晏元献、欧阳永叔、苏子瞻，学际天人，作为小歌词，直如酌蠡水于大海，然皆句读不葺之诗尔，又往往不协音律者，何耶？

前段见于宋人王灼的词学名著《碧鸡漫志》卷二，后段出自大名鼎鼎的李清照《论词》。一个说他“出神入天”，迥出同辈之上；一个说他“不协音律”，不是词，只算诗。

再看东坡盖棺八百多年后的现代，两位同样著名的词学家的评价：

> 苏轼是宋代伟大的现实主义文学家，他以卓越的天才、广博的学识、开朗的胸襟，写出了大量辉煌的诗、文、词，表达了自己一生的真实经历和丰富的思想情感……他所作的《东坡乐府》，内容广阔，气魄雄伟，语言朴素，一反过去绮罗香泽及离情别绪的局限，是宋词空前的划时代的革新，也是宋词进一步的发展。

> 东坡是大作家，不能限以“词人”，更不能限以“豪放派词人”。他的词像郭老的诗，做得很不经意，很随便，时有妙语警句、深刻至情的话，而全篇精美者少。

前段见于唐圭璋先生的一篇文章《从〈东坡乐府〉里看苏轼和农民的情谊》（载《词学论丛》），后段见于吴世昌先生的《词林新话》。一个是“进一步”，“划时代”；一个是“不经意”，“很随便”，“精美者少”。

不仅论其总体悬殊如此，对具体作品的轩轾也会有天壤之别。比如这首有名的《定风波》：

> 莫听穿林打叶声，何妨吟啸且徐行。竹杖芒鞋轻胜马，谁怕？一蓑烟雨任平生。
>
> 料峭春风吹酒醒，微冷，山头斜照却相迎。回首向来萧瑟处，归去，也无风雨也无晴。

有人对它顶礼膜拜：

> 此足征是翁坦荡之怀，任天而动，琢句亦瘦逸，能道眼前景，以曲笔直写胸臆，依声能事尽矣。

有人却将它批得体无完肤：

> “一蓑”七字尚无不可，然亦只是申明上二语之意。若“也无风雨也无晴”，虽是一篇大旨，然一口道出，大嚼乃无馀味矣。然苦水所最不取者，厥维“竹杖芒鞋轻胜马，谁怕”二韵。如以意论，尚无不合，唯“马”、“怕”两个韵字，于此词中，正如丝竹悠扬之中，突然铜钲大鸣；又如低语诉情，正自绵密，而忽然呵呵大笑。“料峭春风”三韵十六字，迹近敷衍，语亦稚弱，而破坏全体底美之罪尚浅于“马”、“怕”二韵九字也。

它们分别见于两位前辈学者郑文焯的《大鹤山人词话》和顾随（号苦水）的《东坡词说》（载《顾随文集》）。这叫读者如何适从？叫我们古典文学的爱好者怎样去接受作为词家的苏轼、去欣赏苏轼的词作呢?

三

这种现象其实不奇怪。越是不平凡的人，越能做出不平凡的事，让人们去品头论足，何况对于文学欣赏，本来就是口有殊味，诗无达诂。随着时代的推移、文学观念的变迁、评论者个性和文学趣味的差异，历代对东坡词的评价的确言人人殊，但在今天，至少有几点已基本成为共识：

一是扩大词的题材。

清人周济《介存斋论词杂著》说：“北宋有无谓之词以应歌。”所谓应歌，是说词人在绣幌绮筵上创作歌词交给倚红偎翠的歌儿舞女演唱，其目的既是“聊佐清欢”，其内容不是应景便是应酬，不仅空虚而且单调，不外写男女之情，抒离别之恨，格局逼仄，气魄狭小，不仅很难表现作者自我的感情和志趣，甚至难于传达作者自我的声音——往往是以歌伎舞女的身份、用歌伎舞女的口吻而作，所谓“代言”是也。

苏词就不一样了，它突破词体久已形成的这种狭小格局，将写景、记游、说理、咏史、言志、抒怀、悼亡、送别、乡恋、友情、田园、国事、咏物、谐谑等等内容纳入词中。清人刘熙载《艺概·词曲概》称其“无事不可入，无意不可言”，虽然有些夸张，却正反映出苏词内容前所未有的丰富与充实。在这些丰富而充实的内容中，词人完成了多方面自我情志的抒发、自我形象的塑造，完成了词史上由模拟歌伎舞女声口的“代言”向直抒胸臆的“立言”的转变，完成了由情感内涵的“共性化”向“个性化”的转变。这其中虽然也存在“应歌”乃至“应社”（同上周济语，指在文人聚会时作词以记一时雅兴）的成分，但总体上确实是出以个人的真情实感，亦归于个人的真情实感。金代文学家兼文学批评家元好问这样说：“自东坡一出，性情之外，不知有文字。”（《新轩乐府引》，《遗山先生文集》卷三六）清人陈廷焯也说：“东坡之词，纯以情胜，情之至者，词亦至。”（《白雨斋词话》卷一）都是一语中的的评价。

二是突破词的音律。

词在五代和两宋是一种合乐文学，就是说，是一种可供演唱的歌词。诵读苏词，我们可以感受到一种顿挫错落的节奏感和往复回旋的情感美，但从音乐的角度来看，为了更方便地拓展题材，更自由地表达思想，苏词普遍存在不太顾及配乐而歌、不受词乐束缚的特点。有足够的史料表明，苏轼不是不懂音律，他的词作间或也有合乐可歌者，但更多的是不合乐律的作品。关于这一点，他的门人晁补之称：

> 东坡词，人谓多不谐音律。（《能改斋漫录》卷一六载）

后来的李清照（见前引）及陆游（见《老学庵笔记》卷五）对此都有所述及。词乐在南宋后逐渐失传，以至于词到后来完全成了脱离音乐的案头文学，因而这些当时人的论述就成了最可信的证明。我们在苏词中也偶能看到乐句与文句不相符合之处，如《水龙吟·次韵章质夫咏杨花词》末三句“细看来不是杨花，点点是、离人泪”，按律当作五、四、四；《念奴娇·赤壁怀古》“多情应笑我，早生华发”，按律当作四、五。这些或许正可看成他主文不主声遗留下来的痕迹。

三是创新词的体制。

体制是为内容服务的，内容发生变化，体制亦必随之。

苏轼对词的语言加以改革。为内容的革新与开拓所决定，苏词的语言也一改“花间”词人径小质轻、镂金错采的面目，以前人诗句入词，以口语、佛语、成典、四部语等入词，大大扩大了词体语言使用的范围，使之呈现出前所未有的丰富性。他的许多词在章法上不合上景下情的成规，句法上笔力雄劲，戛戛独造，“寓以诗人句法”（借用宋人汤衡《张紫微雅词序》评“元祐诸公”语，《于湖先生长短句》卷首，《武进陶氏涉园续刊影宋金元明本词》本）。在他之前，词题词序偶或见之，从他开始大量使用词题词序，这是因为他的词题材多样，反映面广，远非唐末五代缘调而赋或宋初人的单一内容可比，必须加上短题长序，与正文相互补充发明。他还将集句这种诗歌中的形式用于词中，又发明隐括词，将前人或诗或文略加改动而为词作，如《水调歌头》“昵昵儿女语”隐括韩愈《听颖师弹琴》，《哨遍》“为米折腰”隐括渊明《归去来兮辞》。凡此种种，都是将词当作诗文之一体来自由发挥的表现。

四是改变前此婉约一体笼罩词坛的局面，风格呈现多种多样的面貌。

词在隋唐之际的草创时期，风格不只是婉约，甚至不以婉约为主。但自晚唐、五代开始，在文人词家的手中，出现了以“花间”、“南唐”为代表的高峰，形成了“侧艳”的内容和“婉约”的词风。在很长一段时间内，词坛都是沿着这条道路发展，因而被看作“正宗”。

婉约是能够充分体现词体“要妙宜修”特质的一种风格，但如果画地为牢，限于婉约的藩篱裹足不前，就不利于词这种文体的发展。在婉约词风盛行的时代，一直有不少作家尝试着各种各样的创新，到了苏轼，这种创新便达到了新的阶段，也取得了更大的成就，这主要指他创立了与婉约相对立的豪放词风。

风格不是一个实体，是题材、情感、语言、声律、体制综合形成的整体效果。正因苏轼在上述诸方面的开拓创新，其风格必然迥异乎传统本色当行词的婉约一路。这种风格，前人多以“横放”、“豪放”称之（见宋赵德麟《侯鲭录》卷八引黄庭坚、陆游《老学庵笔记》卷五、沈义父《乐府指迷》等），其中最著名的是明人张綖的一段话：

> 按词体大约有二：一体婉约，一体豪放。婉约者欲其辞情蕴藉，豪放者欲其气象恢弘，盖亦存乎其人。如秦少游之作多是婉约，苏子瞻之作多是豪放。（国家图书馆所藏明游元泾校刊《增正诗馀图谱》凡例后所附按语）

说“词体大约有二”，说明词之体（风格）不止于婉约和豪放，这是完全正确的；说“苏子瞻之作多是豪放”，却有些问题。豪放是相对于婉约而言的，并无一定的尺度，但拿一般标准来衡量，东坡词称得上豪放的，在他全部词作中实在只是少数。那么为什么是他而不是别人被称为豪放派的开创者和代表者呢？这是因为他的豪放词数量虽然不多，却最具度越恒流的鲜明个性和高度成熟的艺术风格，在后世的影响也最大。

另外，他的词作中还有与豪放不尽相同，与婉约又迥乎相异的一派，就是王鹏运所说的“清雄”（《半塘手稿》：“苏文忠公之清雄，敻乎轶尘绝迹，令人无从步趋。”）或王国维所说的“超旷”（《人间词话》：“东坡之词旷，稼轩之词豪。”）。

宋人王灼称东坡词：

> 指出向上一路，新天下耳目，弄笔者始知自振。（《碧鸡漫志》卷二）

胡寅称：

> 眉山苏氏，一洗绮罗香泽之态，摆脱绸缪宛转之度，使人登高望远，举首高歌，而逸怀浩气，超乎尘垢之外。（《向芗林〈酒边集〉后序》，《斐然集》卷一九）

清《四库全书总目·东坡词》称：

> 词自晚唐五代以来，以清切婉丽为宗，至柳永而一变，如诗家之有白居易；至轼而又一变，如诗家之有韩愈。

以意逆志，他们所指就是上面所说豪放、清雄、超旷这几类词作，像《江城子》（老夫聊发少年狂）、《念奴娇》（大江东去）、《水调歌头》（明月几时有）、《八声甘州》（有情风万里卷潮来）、《水调歌头》（落日绣帘卷）、《念奴娇》（凭高眺远）、《归朝欢》（我梦扁舟浮震泽）等，都是其中突出的代表。

同时，东坡也有许多其他风格的词作，或幽峭，或俊逸，或高古，或韶秀，堪与传统婉约大家相颉颃的声情并茂之作亦复不少。清人王士禛因《蝶恋花》（花褪残红青杏小）一词而感慨：

> 恐屯田（柳永）缘情绮靡，未必能过。孰谓坡但解“大江东去”耶？（《花草蒙拾》）

贺裳评《浣溪沙》（道字娇讹苦未成）“彩索身轻长趁燕，红窗睡重不闻莺”二句：

> 如此风调，令十七八女郎歌之，岂在“晓风残月”之下。（《皱水轩词筌》）

不过东坡的这种缠绵芳菲之作与传统的婉约词相较，未尝没有自己的特点，概乎言之，就是内容上尘俗的成分减少，情感的成分增加；艺术上浓艳的成分减少，温雅的成分增加了。

以上四点是苏词的特色，也是苏词对于词史的创革与贡献。这些创革与贡献，是在作者“以诗为词”（语出苏门六君子之一的陈师道《后山诗话》）的指导思想下产生的，是他有意打破词“别是一家”（李清照《论词》）的正统观念，将词当作“长短句诗”（《与蔡景繁书》）来创作的产物。胡适曾将词分作“歌者之词”、“诗人之词”、“匠人之词”（《词选·前言》），苏东坡词由于这些创革和贡献，获得了“诗人之词”的称号。

苏词在词史的地位非常突出，这不仅因为他词体创作的总体成就，也因为他革新词体给词坛带来的震荡，在词学界引起的争议。他“以诗为词”，有意追求诗词合流，目的在于“尊体”，即将词在当时普遍为人轻视的“小道”、“诗馀”的地位，提高到与诗相等的地位，确实也在相当程度上解放了词体，为词坛带来了新气象。但他的这种做法，难免损害已为大家普遍接受的词体特有的素质，或多或少减弱词体独具的韵味。加上他天分充盈，心性洒落，“每事俱不十分用力，古文书画皆尔，词亦尔”(《介存斋论词杂著》),词作中明显存在率意之处和游戏之作，这便与他“尊体”的目的恰成对立。从东坡同时起，历代有人从注重文体特性的角度提倡文体独立,反对“诗词合流”,上节所引针锋相对的两种观点,有些就是因此而产生,不是没有道理的。

四

从内容、艺术、风格、词史贡献诸种角度看，东坡词值得表而出之的名篇佳什甚多，这里略举几首。

沁园春

赴密州，早行，马上寄子由。

孤馆灯青，野店鸡号，旅枕梦残。渐月华收练，晨霜耿耿，云山摛锦，朝露团团。世路无穷，劳生有限，似此区区长鲜欢。微吟罢，凭征鞍无语，往事千端。

当时共客长安，似二陆初来俱少年。有笔头千字，胸中万卷，致君尧舜，此事何难。用舍由时，行藏在我，袖手何妨闲处看。身长健，但优游卒岁，且斗尊前。

词作写旅途晨景，叙少年往事，发慷慨议论，抒郁闷心情，数者结合，妥帖浑然。抱负难以实现，故不平之气充塞；胸襟不得开展，而凛然之志不减。以理入词，但以情统理。内容上完全突破了应歌的藩篱，在当时堪称黄钟大羽之响。艺术上受柳永羁旅行役词的影响，以铺叙的方式表而出之，滔滔汩汩、气势完足。又多使用经史、诗文中的故实，甚至直用其语，而又善加熔冶，同样独标新帜，体现了“以诗为词”乃至“以文为词”的优长之处。

江城子

密州出猎

老夫聊发少年狂。左牵黄，右擎苍。锦帽貂裘，千骑卷平冈。为报倾城随太守，亲射虎，看孙郎。

酒酣胸胆尚开张。鬓微霜，又何妨。持节云中，何日遣冯唐。会挽雕弓如满月，西北望，射天狼。

这可算作东坡词中一首典型的豪放词。表现愿为国家效力边陲的迫切愿望和急切心情，是这首词所以豪放的思想基础。叙事激荡人心，写景阔大壮观，抒情慷慨昂扬，言志勇武刚强，四者构成了英武豪迈、气概凌云的自我形象的塑造。自我形象的塑造在诗中司空见惯，在词中却不多见，像这种为国靖边的自我形象更是前未曾有。这是东坡扩大歌词表现领域的重要表现，也是他有意开创不同于传统词风的积极尝试。这类词数量虽不多，却正是它们摆脱了“词为艳科”的束缚，在后代词坛激起了长久不息的波澜。

水调歌头

丙辰（1076）中秋，欢饮达旦，大醉，作此篇，兼怀子由。

明月几时有，把酒问青天。不知天上宫阙，今夕是何年。我欲乘风归去，惟恐琼楼玉宇，高处不胜寒。起舞弄清影，何似在人间。

转朱阁，低绮户，照无眠。不应有恨，何事长向别时圆。人有悲欢离合，月有阴晴圆缺，此事古难全。但愿人长久，千里共婵娟。

这是一篇情绪复杂而艺术高超的作品。出世与入世、理想与现实的矛盾，自然与人生、短暂与永恒的思考，悒郁怆怏的情感，善自排遣的胸怀，高远浩荡的格调，清冷澄明的意境，奇逸瑰丽的兴象，云鹏天马般的笔触，裁云缝雾般的想象，所有这些缔造了这篇作品的不朽。南宋人胡仔说："中秋词，自东坡《水调歌头》一出，馀词尽废。"（《苕溪渔隐丛话》后集卷三九）信然！

念奴娇

赤壁怀古

大江东去，浪淘尽、千古风流人物。故垒西边，人道是、三国周郎赤壁。乱石崩云，惊涛裂岸，卷起千堆雪。江山如画，一时多少豪杰。

遥想公瑾当年，小乔初嫁了，雄姿英发。羽扇纶巾，谈笑间、强虏灰飞烟灭。故国神游，多情应笑我，早生华发。人间如梦，一尊还酹江月。

这是一首由写景、怀古与自伤三重内容构成的名篇，题是怀古，实是自伤，写景则是二者的中介。其基本的情感内容是怀念古代英雄豪杰，感叹现实功业难成，油然而生世事苍茫的悲壮情怀。入世与超世、忧郁与旷达、进取与无为、施展怀抱的雄心与放情山水的意趣交织在一起，体现出的精神意态比其他词作都要复杂，而贯穿全篇的，则是一种激荡人心的崇高美和悲壮美。有人说它“横槊气概，英雄本色”（清徐釚《词苑丛谈》卷三），有人说它“淋漓悲壮，击碎唾壶”（清李佳《左庵词话》卷上），自无不可。但又有人说它“极豪放之致”（唐圭璋《唐宋词选释》），这就未必惬切了。

水调歌头

落日绣帘卷，亭下水连空。知君为我新作，窗户湿青红。长记平山堂上，攲枕江南烟雨，渺渺没孤鸿。认得醉翁语，山色有无中。

一千顷，都镜净，倒碧峰。忽然浪起，掀舞一叶白头翁。堪笑兰台公子，未解庄生天籁，刚道有雌雄。一点浩然气，千里快哉风。

宋玉将风分雌雄，说不同地位的人享受不同的风，意在讽刺，洵为杰构。东坡此处用其典而翻其案，意在表达一种人生哲学，即快乐与否取决于内心，不取决于外在，只要秉持浩然正气，坦荡襟怀，就能无往不适，无时不快。身为谪臣的作者发此议论，不是真的翻宋玉之案，而是意在自勉，当然，亦在勉励快哉亭主人，同样是戴罪谪黄的张偓佺。词作最大的特色是以议论入词。南宋严羽说宋人“以议论为诗”（《沧浪诗话·诗辨》），由此可以看到，东坡这个宋人不止于此，他还“以议论为词”，开了南宋词人辛弃疾的先河。

贺新郎

乳燕飞华屋，悄无人、桐阴转午，晚凉新浴。手弄生绡白团扇，扇手一时似玉。渐困倚、孤眠清熟。帘外谁来推绣户，枉教人梦断瑶台曲。又却是，风敲竹。

石榴半吐红巾蹙。待浮花、浪蕊都尽，伴

君幽独。秾艳一枝细看取，芳心千重似束。又恐被、秋风惊绿。若待得君来向此，花前对酒不忍触。共粉泪，两簌簌。

古人诗词常用比兴，清代的常州词派爱以比兴论词，惜常失之于牵强坐实，为人诟病。比兴的运用宜在似有若无之间，词的比兴更宜如此。东坡此词，既写石榴，更写佳人；既写佳人，复写自己。我们看词中美人的孤芳自赏、自甘幽独，看上片环境的幽僻，下片心境的蕴结，作者高洁澄澈的品格便隐然包含在其中，作者不偶于时的遭际也隐然包含在其中了。杜甫《佳人》首二句云："绝代有佳人，幽居在空谷。"末二句云："天寒翠袖薄，日暮倚修竹。"谭献称此词"颇欲与少陵《佳人》一篇互证"（《复堂词话》），作者之心虽不可知，读者之心实未必不然也。

蝶恋花

花褪残红青杏小。燕子飞时，绿水人家绕。枝上柳绵吹又少，天涯何处无芳草。

墙里秋千墙外道，墙外行人，墙里佳人笑。笑渐不闻声渐悄，多情却被无情恼。

这首晚年作于贬所惠州的词作，以一组对立的意象结构全篇。花褪残红的衰败与青杏的生长是一种对立，枝上柳绵的渐少与绵绵不绝的芳草是一种对立，墙里佳人的无情与墙外行人的多情是一种对立。这一系列对立的组合，莫非正是作者内心矛盾无意识的体现？果真如此，这首词就更让人称奇了：深者得其深，浅者得其浅，即使只当它是一首伤春复伤情的词作，它的缠绵悱恻不已很令人一唱三叹、情不能已了吗？通常都说东坡词豪放，这首词哪儿去找一点豪放的影子？佚伦绝群的大家往往就是这样，一身而兼具多副笔墨，常令人兴变幻莫测之叹。

以上所举，不过尝鼎一脔。喜爱东坡词的朋友们，还是自己去品尝这道精神的盛宴吧。

2009年6月1月，清华园

【编者按：此次出版，我们择要将苏轼词中化用的古人诗词文句列于词后（每条前面用◎表示），另将历代评论、与词相关的本事和史实及对苏轼词的系年择要列于每首词后（每条前面用◆表示），以方便读者对苏轼词的阅读和欣赏。】

目　录

卷　一

卷　二

【苏轼词集】

卷　三

苏轼词集卷一

浪淘沙

昨日出东城，试探春情。墙头红杏暗如倾。槛内群芳芽未吐，早已回春。

绮陌敛香尘，雪霁前村。东君用意不辞辛。料想春光先到处，吹绽梅英。

◆熙宁五年（1072）壬子正月，城外探春作。（清王文诰《苏诗总案》）

南歌子 八月十八日观潮

海上乘槎侣，仙人萼绿华。飞升元不

用丹砂，住在潮头来处渺天涯。

雷辊夫差国，云翻海若家。坐中安得弄琴牙。写取馀声归向《水仙》夸。

◎近世有人居海上，每年八月，见海槎来不违时，赍一年粮，乘之到天河。见妇人织，丈夫饮牛，问之不答。遣归，问严君平。某年某月日，客星犯牛斗，即此人也。（晋张华《博物志》）

◎萼绿华者，自云是南山人。女子，年可二十许，颜色绝整。以晋穆帝升平三年十一月十日，夜降羊权家，自此往来。后赠权诗、火浣布、金条脱。访问，曰："是九疑山得道女罗郁也。"（《真诰·运象第一》）

◎渤海之东不知几亿万里，有大壑焉，实为无底之谷。其中有五山，一曰代舆，二曰圆峤，三曰方壶，四曰瀛州，五曰蓬莱。而五山之根无所连着，常随潮上下往来。（《列子·汤问》）

◎伯牙学琴于成连，三年不成。成连云："吾师方子春，今在东海中，能移人情。"乃与伯牙俱往。至蓬莱山，留伯牙曰："子居习之，吾将迎子。"刺船而去，旬日不返。伯牙延望无人，但闻海涛汹涌，山林窅冥，怆然叹曰："先生移我情矣！"乃援琴而歌，作《水仙操》。曲终，成连回，刺船迎之而还，因而鼓琴妙绝天下。今《水仙操》乃伯牙之所作。（《乐府解题》）

◆壬子（1072）八月十八日作。（清王文诰《苏诗总案》）

行香子 过七里濑

一叶舟轻，双桨鸿惊。水天清、影湛波平。鱼翻藻鉴，鹭点烟汀。过沙溪急，霜溪冷，月溪明。

重重似画，曲曲如屏。算当年、虚老严陵。君臣一梦，今古空名。但远山长，云山乱，晓山青。

◎时人未会严陵志，不钓鲈鱼只钓名。（唐韩偓《招隐》）

祝英台近

挂轻帆，飞急桨，还过钓台路。酒病无聊，攲枕听鸣橹。断肠簇簇云山，重重烟树，回首望、孤城何处？

间离阻，谁念萦损襄王，何曾梦云雨。旧恨前欢，心事两无据。要知欲见无由，痴心犹自，倩人道、一声传语。

◎昔者楚襄王与宋玉游于云梦之台，望高唐之观，其上独有云气。玉曰："昔者先王尝游高唐，怠而昼寝，梦见一妇人，曰：'妾巫山之女也，为高唐之客。闻君游高唐，愿荐枕席。'王因幸之。去而辞曰：'妾在巫山之

阳，高丘之阻，旦为朝云，暮为行雨，朝朝暮暮，阳台之下。’旦朝视之如言。故为立庙，号曰朝云。”（战国宋玉《高唐赋》）

瑞鹧鸪

寒食未明至湖上，太守未来，两县令先在。

城头月落尚啼乌，朱舰红船早满湖。
鼓吹未容迎五马，水云先已漾双凫。
映山黄帽螭头舫，夹岸青烟鹊尾炉。
老病逢春只思睡，独求僧榻寄须臾。

◎王乔者，河东人也。显宗世为叶令。乔有神术，每月朔望，常自县诣台朝。帝怪其来数而不见车骑，密令太史伺望之。言其临至，辄有双凫从东南飞来。于是候凫至，举罗张之，但得一只舄焉。（《后汉书·方术传》）

◎邓通以濯船为黄头郎。文帝尝梦欲上天不能，有一黄头郎推上天。觉而之渐台，以梦阴求推者郎，见邓通，梦中所见也。（《汉书·佞幸传》）

又观潮

碧山影里小红旗，侬是江南蹋浪儿。
拍手欲嘲山简醉，齐声争唱浪婆词。
西兴渡口帆初落，渔浦山头日未攲。
侬欲送潮歌底曲，尊前还唱使君诗。

◎侬是清浪儿，每踾清浪游。笑伊乡贡郎，踾土称风流。（唐孟郊《送澹公》）

◎（山）涛子简，字季伦。性温雅，有父风。永嘉三年，出镇襄阳。优游卒岁，唯酒是耽。诸习氏，荆土豪族，有佳园池。简每出游嬉，多之池上，置酒辄醉，名之曰高阳池。时有童儿歌曰："山公出何许，往至高阳池。日夕倒载归，酩酊无所知。时时能骑马，倒着白接䍦。举鞭向葛疆，何如并州儿？"疆家在并州，简爱将也。（《晋书·山涛传》）

◎铜斗饮江酒，手拍铜斗歌。侬是踾浪儿，饮则拜浪婆。脚踾小船头，独速舞转莎。笑伊《渔阳掺》，空持文章多。闲倚青竹竿，白日奈我何。（唐孟郊《送澹公》）

◎西兴渡在浙江萧山县西十二里。本名西陵，为吴越通津。（《清一统志》）

◆熙宁癸丑（1073）八月十五日观潮作。是日与陈襄同游，故落句及之。（清王文诰《苏诗总案》）

临江仙 风水洞作

四大从来都遍满，此间风水何疑。故应为我发新诗。幽花香涧谷，寒藻舞沦漪。

借与玉川生两腋，天仙未必相思。还凭流水送人归。层巅馀落日，草露已沾衣。

◎风水洞在杨村慈岩院，洞极大，流水不竭。顶上又一洞，立夏清风自生，立秋则止。（《咸淳临安志》）

◎四大：佛教以地、水、火、风为四大。

◎河水清且沦漪。(《诗经·魏风·伐檀》)

◎惟觉两腋习习生清风。(唐卢仝《茶》。卢仝号玉川子。)

◎层巅馀落日，草蔓已多露。(唐杜甫《西枝村寻置草堂夜宿赞公土室二首》)

◆癸丑（1073）八月作。(宋傅藻《东坡纪年录》)

南乡子

晚景落琼杯。照眼云山翠作堆。认得岷峨春雪浪，初来，万顷蒲萄涨渌醅。

春雨暗阳台。乱洒歌楼湿粉腮。一阵东风来卷地，吹回，落照江天一半开。

◎（杨）贵妃进见，初处即授以合欢条脱紫琼杯。(《杨妃外传》)

◎遥看汉水鸭头绿，恰似葡萄初酦醅。(唐李白《襄阳歌》)

◎乱飘僧舍茶烟湿，密洒歌楼酒力微。(唐郑谷《雪》)

◆甲寅（1074），润州作。(宋傅藻《东坡纪年录》)

行香子 丹阳寄述古

携手江村，梅雪飘裙。情何限、处处消魂。故人不见，旧曲重闻。向望湖楼，孤山寺，涌金门。

寻常行处，题诗千首。绣罗衫、与拂红尘。别来相忆，知是何人。有湖中月，江边柳，陇头云。

◎黯然销魂者，唯别而已矣。（南朝江淹《别赋》）

◎孤山寺北贾亭西，水面初平云脚低。（唐白居易《钱唐湖春行》）

◎杭州府城周三十五里有奇，门十，正西曰涌金，西南曰清波，西北曰钱唐，皆近湖。（《一统志》）

◎寇莱公（准）典陕日，与处士魏野同游僧寺，观览旧游，有留题处，公诗皆用碧纱笼之，至野诗则尘蒙其上。时从行官妓之慧黠者，辄以红袖拂之。野顾公曰："若得常将红袖拂，也应胜着碧纱笼。"莱公大笑。（宋吴处厚《青箱杂记》）

◆"甲寅（1074），自京口还，寄述古作。"案词云"梅雪"，应是正月赴润州过丹阳时作。（宋傅藻《东坡纪年录》）

昭君怨 金山送柳子玉

谁作桓伊三弄，惊破绿窗幽梦。新月与愁烟，满江天。

欲去又还不去，明日落花飞絮。飞絮送行舟，水东流。

◎（桓）伊字叔夏，善音乐，尽一字之妙，为江左第一。有蔡邕柯亭笛，常自吹之。王徽之赴召京师，泊舟青溪侧。素不与徽之相识，伊于岸上过，船中客称伊小字曰：“此桓野王也。”徽之便令人谓伊曰：“闻君善吹笛，试为我一奏。”伊是时已贵显，素闻徽之名，便下车，踞胡床为作三调。弄毕，便上车去，客主不交一言。（《晋书·桓伊传》）

◆甲寅（1074）二月，再送柳瑾作。（清王文诰《苏诗总案》）

醉落魄 离京口作

轻云微月，二更酒醒船初发。孤城回望苍烟合。记得歌时，不记归时节。

巾偏扇坠藤床滑，觉来幽梦无人说。此生飘荡何时歇。家在西南，常作东南别。

◆甲寅（1074）作。（宋傅藻《东坡纪年录》）

蝶恋花 京口得乡书

雨后春容清更丽。只有离人，幽恨终难洗。北固山前三面水，碧琼梳拥青螺髻。

一纸乡书来万里。问我何年，真个成归计。回首送春拚一醉，东风吹破千行泪。

◎（北固山）山斗入江，三面临水。（宋乐史《太平寰宇记》）

◆甲寅（1074）作。（宋傅藻《东坡纪年录》）

少年游

润州作，代人寄远。

去年相送，馀杭门外，飞雪似杨花。今年春尽，杨花似雪，犹不见还家。

对酒卷帘邀明月，风露透窗纱。恰似姮娥怜双燕，分明照，画梁斜。

◎举杯邀明月，对影成三人。（唐李白《月下独酌》）

◎羿请不死之药于西王母，姮娥窃之，奔月宫。（《淮南子·览冥训》）

◎月初出，照屋梁。（战国宋玉《神女赋》）

◆甲寅（1074）四月，有感雪中行役作。公以去年十一月发临平，及是春尽犹行役未归，故托为此词。（清王文诰《苏诗总案》）

卜算子

自京口还钱塘，道中寄述古太守。

蜀客到江南，长忆吴山好。吴蜀风流自古同，归去应须早。

还与去年人，共藉西湖草。莫惜尊前子细看，应是容颜老。

◎吴山在府城内西南隅，旧名胥山，上有子胥祠。（《一统志·杭州府》）

◎藉萋萋之纤草。（晋孙绰《游天台山赋》）

◆甲寅（1074），自京口还寄述古作。（宋傅藻《东坡纪年录》）

江城子

陈直方妾嵇，钱塘人也，求新词，为作此。钱塘人好唱《陌上花》缓缓曲，余尝作数绝以纪其事。

玉人家在凤凰山。水云间，掩门闲。门外行人，立马看弓弯。十里春风谁指似，斜日映，绣帘斑。

多情好事与君还。闵新鳏，拭馀潸。明月空江，香雾着云鬟。陌上花开春尽也，闻旧曲，破朱颜。

◎游九仙山，闻里中儿歌《陌上花》。父老云，吴越王妃每岁春必归临安，王以书遗妃曰："陌上花开，可缓缓归矣。"吴人用其语为歌，含思宛转，听之凄然。而其词鄙野，为易之云。（宋苏轼《陌上花三首》序）

◎凤凰山在仁和县南十里，与钱塘县接界。自唐以来

州治在山右，宋建行宫，山遂环入禁苑。其顶砥平，可容万马，有宋时御教场。（《一统志》）

◎弓弯：谓美人足也。

◎春风十里扬州路，卷上珠帘总不如。（唐杜牧《赠别》）

◎香雾云鬟湿，清辉玉臂寒。（唐杜甫《月夜》）

◆陈直方之妾嵇，本钱塘妓人也，乞新词于苏子瞻。子瞻因直方新丧正室，而钱塘人好唱《陌上花》缓缓曲，乃引其事以戏之，其词则《江神子》也。（明田汝成《西湖游览志馀》）

又

湖上与张先同赋，时闻弹筝。

凤凰山下雨初晴。水风清，晚霞明。一朵芙蕖，开过尚盈盈。何处飞来双白鹭，如有意，慕娉婷。

忽闻江上弄哀筝。苦含情，遣谁听。烟敛云收，依约是湘灵。欲待曲终寻问取，人不见，数峰青。

◎复引舟于深湾，忽八九之红芰。姹然如妇，敛然如女。堕蕊黦颜，似见放弃。白鹭潜来兮，邈风标之公子。窥此美人兮，如慕悦其容媚。（唐杜牧《晚晴赋》）

◎高谈娱心，哀筝顺耳。（三国魏曹丕《与吴质书》）

◎湘灵：帝舜二妃娥皇、女英，帝尧之二女也。从舜南征三苗不返，道死沅湘之间，后世谓之湘灵。

◎曲终人不见，江上数峰青。（唐钱起《湘灵鼓瑟》）

◆张先郎中能为诗及乐府，至老不衰。居钱塘，苏子瞻作倅时，先年已八十馀，视听尚精强，犹有声妓。子瞻尝赠以诗云："诗人老去莺莺在，公子归来燕燕忙。"盖全用张氏故事戏之。先和云："愁似鳏鱼知夜永，懒同蝴蝶为春忙。"极为子瞻所赏。俚俗多喜传咏先乐府，遂掩其诗声，识者皆以为恨云。（宋叶梦得《石林诗话》）

◆东坡在杭州，一日游西湖，坐孤山竹阁前临湖亭上。时二客皆有服，预焉。久之，湖心有彩舟渐近亭前，靓妆数人，中有一人尤丽，方鼓筝，年且三十馀，风韵娴雅，绰有态度。二客竞目送之。曲未终，翩然而逝。公戏作长短句云。（宋张邦基《墨庄漫录》）

虞美人 有美堂赠述古

湖山信是东南美，一望弥千里。使君能得几回来，便使尊前醉倒更徘徊。

沙河塘里灯初上，《水调》谁家唱。夜阑风静欲归时，惟有一江明月碧琉璃。

◎钱塘县南五里，有沙河塘。咸通二年，刺史崔彦曾开。昔潮水冲击钱塘江岸，至于奔逸入城，势莫能御，故开沙河以决之。河有三，曰外沙、中沙、里沙。（《新唐书·地理志》）

◎波涛万顷堆琉璃。（唐杜甫《渼陂行》）

◆甲寅（1074）七月，陈襄将罢任，宴僚佐于有美堂

作。（清王文诰《苏诗总案》）

◆嘉祐初，梅公仪守杭，上特制诗宠赐，其首章曰："地有湖山美，东南第一州。"梅既到杭，遂筑堂山上，名曰有美。（宋陈岩肖《庚溪诗话》）

◆陈述古守杭，已及瓜代，未交前数日，宴寮佐于有美堂。侵夜月色如练，前望浙江，后顾西湖，沙河塘正出其下。陈公慨然，请贰车苏子瞻赋之，即席而就。（《本事集》）

诉衷情

送述古，迓元素。

钱塘风景古今奇，太守例能诗。先驱负弩何在，心已浙江西。

花尽后，叶飞时，雨凄凄。若为情绪，更问新官，向旧官啼。

◎（司马相如）持节使巴蜀，太守以下郊迎，县令负弩矢先驱，蜀人以为宠。（《汉书·司马相如传》）

◎陈太子舍人徐德言之妻，后主叔宝之妹，封乐昌公主，才色冠绝。时陈政方乱，德言知不相保，谓其妻曰："君之才貌，国亡必入权豪之家，斯永绝矣。倘情缘未断，犹冀相见，宜有以信之。"乃破一照。人执其半，约曰："他日必以正月望日卖于都市，我当在，即以是日访之。"及陈亡，其妻果入越公杨素之家，宠嬖殊厚。德言流离，仅能至京，遂以正月望日访于都市。有苍头卖半照者，大高其价，人皆笑之。德言直引至其居，设食，具言其故。出半照以合之，仍题诗曰："照与人俱去，照归人不归。无复姮娥影，空留明月辉。"公主得诗，悲泣不已。素诘知之，怆然改容，即召德言，还其妻。仍三人共宴，命公主作诗以自解。诗曰："此日何迁次，新官对旧官。笑啼都不敢，方验作人难。"遂与德言归江南，竟以终老。（唐孟棨《本事诗》）

◆甲寅（1074）七月，杨绘（字元素）自应天来代作。（清王文诰《苏诗总案》）

菩萨蛮

杭妓往苏迓新守杨元素，寄苏守王规甫。

玉童西迓浮丘伯，洞天冷落秋萧瑟。不用许飞琼，瑶台空月明。

清香凝夜宴，借与韦郎看。莫便向姑苏，扁舟下五湖。

◎王诲字规父，熙宁六年以朝散大夫、司勋郎中知苏州。（《吴郡志》）

◎浮丘伯本嵩山道士，后得仙去。（《列仙传》）

◎西王母乘紫云之辇，履玄琼之舄。下辇上殿，呼帝共坐，命侍女许飞琼鼓云和之簧。（《汉武帝内传》）

◎兵备森画戟，宴寝凝清香。（唐韦应物《郡斋雨中与诸文士燕集》）

◎吴亡后，西施复归范蠡，同泛五湖而去。（《越绝

书》）

◆甲寅（1074）作。（宋傅藻《东坡纪年录》）

◆李东川有送人携妓赴任诗，此词又记杭妓往苏迓新守，是知唐宋时赴任迎任，皆有官妓为导之例。此风盖自元明已来，微论废绝，国朝且悬为厉禁，著之律条，并饮酒挟妓亦有罪已。古今风气之硕异如是。（郑文焯手批《东坡乐府》）

又

西湖席上，代诸妓送陈述古。

娟娟缺月西南落，相思拨断琵琶索。枕泪梦魂中，觉来眉晕重。

华堂堆烛泪，长笛吹新水。醉客各西东，应思陈孟公。

◎琵琶拨断相思调。（五代陶谷《春光好》）

◎陈遵字孟公，好客，每大宴，宾客满堂，辄关门，取客车辖投井中。虽有急，终不得去。（《后汉书·游侠传》）

◆唐宋间郡守新到，营妓皆出境而迎。既出，犹得以鳞鸿往返，靦不为异。苏子瞻"送杭妓往苏州迎新守"《菩萨蛮》词云云，《西湖席上代诸妓送陈述古》云云。此亦足觇一时之风气矣。（明田汝成《西湖游览志馀》）

江城子 孤山竹阁送述古

翠蛾羞黛怯人看。掩霜纨，泪偷弹。且尽一尊，收泪听《阳关》。漫道帝城天样远，天易见，见君难。

画堂新创近孤山。曲阑干，为谁安。飞絮落花，春色属明年。欲棹小舟寻旧事，无处问，水连天。

◎乌窠禅师见秦望山有长松，枝叶繁茂，盘屈如盖，遂栖止其上。白居易出守兹郡，因入山礼谒。乃起竹阁于湖上，迎师居之。（《传灯录》）

◎晋明帝数岁，坐元帝膝上。有人从长安来，元帝问洛下消息，潸然流涕。明帝问何以致泣，具以东渡意告之。因问明帝："汝意谓长安何如日远？"答曰："日远。不闻人从日边来，居然可知。"元帝异之。明日，集群臣宴会，告以此意，更重问之，乃答曰："日近。"元帝失色曰："尔何故异昨日之言邪？"答曰："举目见日，不见长安。"（《世说新语·夙惠》）

◎水天相与永。（唐杜甫《渼陂西南台》）

◆甲寅（1074）七月，与陈襄放舟湖上，宴于孤山竹阁作。（清王文诰《苏诗总案》）

菩萨蛮 西湖送述古

秋风湖上萧萧雨，使君欲去还留住。今日漫留君，明朝愁杀人。

佳人千点泪，洒向长河水。不用敛双蛾，路人啼更多。

◎令狐挺《题相思河》云："只应自古征人泪，洒向空川作浪波。"（宋张师正《倦游录》）

◆甲寅（1074），送述古赴南都作。（宋傅藻《东坡纪年录》）

清平乐 送述古赴南都

清淮浊汴，更在江西岸。红旆到时黄叶乱，霜入梁王故苑。

秋原何处携壶，停骖访古踟蹰。双庙遗风尚在，漆园傲吏应无。

◎大中时，图（张）巡、（许）远、霁云像于凌烟阁。睢阳至今祠享，号双庙云。（《新唐书·忠义传》）

◎庄周尝为蒙漆园吏，与梁惠王、齐宣王同时。楚威王闻庄周贤，使使厚币迎之，许以为相。庄周笑谓楚使者曰："千金重利，卿相尊位也。子独不见郊祭之牺牛乎？养食之数岁，衣以文绣，以入太庙。当是之时，虽欲为孤豚，岂可得乎？子亟去，无污我。我宁游戏污渎之中自快，无为有国者所羁，终身不仕，以快吾志焉。"（《史记·老庄申韩列传》）

◆甲寅（1074），送述古作。（宋傅藻《东坡纪年录》）

南乡子 送述古

回首乱山横，不见居人只见城。谁似临平山上塔，亭亭，迎客西来送客行。

归路晚风清，一枕初寒梦不成。今夜残灯斜照处，荧荧，秋雨晴时泪不晴。

◆甲寅（1074）七月，追送陈襄移守南都，别于临平舟中作。（清王文诰《苏诗总案》）

南歌子

苒苒中秋过，萧萧两鬓华。寓身此世一尘沙，笑看潮来潮去了生涯。

方士三山路，渔人一叶家。早知身世两聱牙，好伴骑鲸公子赋雄夸。

◎化佛以三千大千世界，其众犹微尘，其数犹恒河沙。（《内典》）

◎蓬莱、方丈、瀛州，此三神山者，其传在勃海中，去人不远，患且至，则船风引而去。盖尝有至者，诸仙人及不死之药皆在焉。其物、禽兽尽白，而黄金、银为宫阙。未至，望之如云，及到，三神山反居水下。临之，风辄引去，终莫能至云。（《史记·封禅书》）

◎若逢李白骑鲸鱼，道甫问讯今何如。”（唐杜甫《送孔巢父谢病归江东兼呈李白》）

◆甲寅（1074）八月十八日，江上观潮作。（清王文诰《苏诗总案》）

泛金船 流杯亭和杨元素

无情流水多情客，劝我如相识。杯行到手休辞却，似轩冕相逼。曲水池上，小字更书年月。还对茂林修竹，似永和节。

纤纤素手如霜雪，笑把秋花插。尊前莫怪歌声咽，又还是轻别。此去翱翔，遍上玉堂金阙。欲问再来何岁，应有华发。

◎杯行到君莫停手。（唐韩愈《赠郑兵曹》）

◎永和九年，岁在癸丑。暮春之初，会于会稽山阴之兰亭，修禊事也。群贤毕至，少长咸集。此地有崇山峻岭，茂林修竹，又有清流激湍，映带左右。引以为流觞曲水，列坐其次，虽无丝竹管弦之盛，一觞一咏，亦足以畅叙幽情。（晋王羲之《兰亭序》）

◆甲寅（1074）九月，公以太常博士权知密州军州事，罢杭州通守任。杨绘饯别于中和堂，和韵作。（清王文诰《苏诗总案》）

南乡子

和杨元素，时移守密州。

东武望馀杭，云海天涯两渺茫。何日

功成名遂了，还乡，醉笑陪公三万场。

不用诉离觞，痛饮从来别有肠。今夜送归灯火冷，河塘，堕泪羊公却姓杨。

◎（羊）祜为荆州都督，卒，襄阳百姓于岘山祜平生游憩之所建碑立庙，岁时飨祭焉。望其碑者莫不流涕。杜预因名为“堕泪碑”。（《晋书·羊祜传》）

◆甲寅（1074）九月，杨绘再饯别于湖上作。（清王文诰《苏诗总案》）

又 和杨元素

凉簟碧纱厨，一枕清风昼睡馀。睡听晚衙无个事，徐徐，读尽床头几卷书。

搔首赋归欤，自觉功名懒更疏。若问使君才与气，何如，占得人间一味愚。

◎子在陈，曰：“归与，归与。”（《论语·公冶长》）

又

梅花词，和杨元素。

寒雀满疏篱，争抱寒柯看玉蕤。忽见客来花下坐，惊飞，蹋散芳英落酒卮。

痛饮又能诗，坐客无毡醉不知。花谢

酒阑春到也，离离，一点微酸已着枝。

◎繁蕊风惊散，轻红鸟踢翻。（唐王质《金谷园花发怀古》）

◎才名四十年，坐客寒无毡。（唐杜甫《赠郑虔》）

浣溪沙

自杭移密守，席上别杨元素，时重阳前一日。

缥缈危楼紫翠间，良辰乐事古难全。感时怀旧独凄然。

璧月琼枝空夜夜，菊花人貌自年年。不知来岁与谁看。

◆甲寅（1074），答元素。（宋傅藻《东坡纪年录》）

又

《白雪》清词出坐间，爱君才器两俱全。异乡风景却依然。

可恨相逢能几日。不知重会是何年。茱萸子细更重看。

◎其为《阳春》《白雪》，国中属而和者，不过数人而已。（战国宋玉《对楚王问》）

◎明年此会知谁健，醉把茱萸子细看。（唐杜甫《九日》）

南乡子

沈强辅雯上出犀丽玉作胡琴送元素还朝，同子野各赋一首。

裙带石榴红，却水殷勤解赠侬。应许逐鸡鸡莫怕，相逢，一点灵心必暗通。

何处遇良工，琢刻天真半欲空。愿作龙香双凤拨，轻拢，长在环儿白雪胸。

◎通天犀有一白理如线者，以盛米，置鸡群中，鸡欲往啄米，至则惊却。故南人名为骇鸡犀。得其角一尺以上，刻为鱼，衔以入水，水常开，方三尺，可得气息水中耳。（《抱朴子·内篇·登涉》）

◎身无彩凤双飞翼，心有灵犀一点通。（唐李商隐《无题》）

◎妃子（杨贵妃）琵琶，乃寺人白季贞使蜀还所进，用逻逤檀为之。木温润如玉，光耀可鉴。有金缕红文，蹙成双凤。弦乃末弥诃罗国所贡绿冰丝蚕也，光莹如贯瑟。（《杨妃外传》）

◎轻拢漫捻抹复挑。（唐白居易《琵琶行》）

◆此词题当分为二，以胡琴送元素还朝为第二题。集中《采桑子慢》题序：有胡琴者姿色尤好，三公皆一时英秀，景之秀，妓之妙，真为希遇云云。是胡琴为妓女可证。次阕过片所谓“粉泪怨离居”，即胡琴送元素之意。《定风波》送元素作，亦有“红粉尊前添懊恼”之句，可知胡琴为元素所眷已。朱云一赋胡琴，一送元素，误甚。至“犀丽玉”亦妓名，词中用典切，正可证托喻其人。本集中咏姬人名字并如是例。此“作”字即结束前题，断无咏作胡琴之理。况以玉作胡琴，更与送元素无关。词中“良工”、“琢刻”云云，皆喻言丽玉之天真，故下有“愿作龙香双凤拨”之语，益足征命题之义。且集中谓某出妓或侍姬某，亦词人恒例，岂可泥于“琢刻”等字，即谓其切“作”字，不亦死于句下乎？集中《双荷叶》，本耘老侍儿小名，公即以为曲名，且词中以荷叶贴切，尤尽清妙之致。此犀丽玉并姓字亦曲曲写出，独何疑乎？（郑文焯手批《东坡乐府》）

又

旌旆满江湖，诏发楼船万舳舻。投笔将军因笑我，迂儒，帕首腰刀是丈夫。

粉泪怨离居，喜子垂窗报捷书。试问伏波三万语，何如，一斛明珠换绿珠。

◎舳，船后持柂处也。舻，船前头刺棹处也。言其船多，前后相衔，千里不绝也。（《汉书·武帝纪》“舳舻千里”注）

◎（班超）为人有志，不修细节。与母随兄固至洛阳，家贫，常为官佣书以供养，久劳苦。尝辍业投笔叹曰：“大丈夫无他志略，犹当效傅介子、张骞立功异域，

以取封侯，安能久事笔砚间乎？”左右皆笑之。超曰：“小子安知壮士志哉！”（《后汉书·班超传》）

◎岭南节度为大府，其馀四府亦各置帅，然大府帅或过其府，府帅必戎服，左握刀，右属弓矢，帕首袴靴迎于郊。及既至，大府帅入据馆，帅守若将趋拜，大府与之为让，至一至再，乃敢改服，以宾主见焉。（唐韩愈《送郑尚书序》）

◎蜘蛛集而百事喜，故俗以蜘蛛为喜子。（《西京杂记》）

◎建武十七年，交趾女子徵侧及女弟徵贰反，攻没其郡。九真、日南、合浦蛮夷皆应之，寇略岭外六十馀城。侧自立为王。于是玺书拜援伏波将军，缘海而进，随山刊道千馀里，斩徵侧、徵贰，传首洛阳，峤南悉平。援奏言：西于县户有三万二千，远界去庭千馀里，请分为封溪、望海二县。许之。（《后汉书·马援传》）

◎绿珠井在白水双角山下。昔梁氏之女有容貌，石季伦为交趾采访使，以真珠三斛买之。梁氏之居，旧井存焉。耆老传云，汲饮此井者，生女必多美丽。闾里有识者以美色无益于时，遂以巨石填之。尔后虽时有产或端严，则七窍四肢多不完具。异哉！（唐刘恂《岭表异录》）

定风波 送元素

今古风流阮步兵，平生游宦爱东平。千里远来还不住，归去，空留风韵照人清。

红粉尊前添懊恼，休道，如何留得许多情。记取明年花絮乱，看泛，西湖总是断肠声。

◎（阮）籍容貌瑰杰，志气宏放，傲然独得，任性不羁，而喜怒不形于色。本有济世志，属魏晋之际，天下多故，名士少有全者。籍由是不与世事，遂酣饮为常。及文帝辅政，籍尝从容言于帝曰："籍平生曾游东平，乐其风土。"帝大悦，即拜东平相。籍乘驴到郡，坏府舍屏障，使内外相望，法令清简，旬日而还。帝引为大将军从事中郎。籍闻步兵营厨人善酿，有贮酒三百斛，乃求为步兵校尉。遗落世事，虽去佐职，恒游府内，朝宴必与焉。（《晋书·阮籍传》）

减字木兰花

秘阁古《笑林》云：晋元帝生子，宴百官，赐束帛。殷羡谢曰："臣等无功受赏。"帝曰："此事岂容卿有功乎？"同舍每以为笑。余过吴兴，而李公择适生子三日会客，求歌辞。乃为作此戏之，举坐皆绝倒。

惟熊佳梦，释氏老君亲抱送。壮气横秋，未满三朝已食牛。

犀钱玉果，利市平分沾四坐。多谢无功，此事如何着得侬。

◎大人占之，维熊维罴，男子之祥。（《诗经·小雅·斯干》）

◎虎豹之驹，虽未成文，已有食牛之气。（《尸子》）

◎徐卿二子生绝奇，感应吉梦相追随。孔子释氏亲抱送，尽是天上麒麟儿。大儿九龄色清澈，秋水为神玉为骨。小儿五岁气食牛，满堂宾客皆回头。（唐杜甫《徐卿二子歌》）

◎犀钱：即洗儿钱，以犀角为之者也。

◎腊月二十四日，市井迎傩，以锣鼓遍至人家乞求利市。（《乾淳岁时记》）

◆甲寅（1074）九月，访李常于湖州作。（清王文诰《苏诗总案》）

河满子 湖州寄南守冯当世

见说岷峨凄怆，旋闻江汉澄清。但觉秋来归梦好，西南自有长城。东府三人最少，西山八国初平。

莫负花溪纵赏，何妨药市微行。试问当垆人在否，空教是处闻名。唱着子渊新曲，应须分外含情。

◎（司马）相如与临邛令王吉饮富人卓王孙家，相如酒酣弄琴，卓氏女文君新寡，窃从户窥，心悦而好之，乃夜奔相如。相如乃与驰归成都，家徒四壁。久之，相如与俱之临邛，尽卖车骑，置一酒舍酤酒。令文君当垆，相如身着犊鼻裈，与佣保杂作，涤器于市。王孙耻之，诸公更谓王孙曰："司马长卿故倦游，虽贫而人材足依也，且又

令客，奈何相辱如此？”王孙不得已，分与僮仆财物。文君乃与相如归成都，买田宅，而为富人矣。（《汉书·司马相如传》）

◎汉王褒字子渊，蜀人。王襄为益州刺史，闻有俊才，请与相见。使褒作《中和》、《乐职》、《宣布》诗，选好事者，令依《鹿鸣》之声，习而歌之。下传而上闻，宣帝召见，悦之，擢褒为谏大夫，使侍太子。太子喜褒所为《甘泉》及《洞箫颂》，令后宫贵人左右皆诵读之。（宋傅干《注坡词》）

菩萨蛮 席上和陈令举

天怜豪俊腰金晚，故教月向松江满。清景为淹留，从君都占秋。

身闲惟有酒，试问遨游首。帝梦已遥思，匆匆归去时。

◎有客言志，一愿为扬州刺史，一愿多赀财，一愿骑鹤上升。其一人曰：“愿腰缠十万贯，骑鹤上扬州。”欲兼三者。（南朝梁殷芸《殷芸小说》）

◎成都风俗，以遨游相尚。绮罗珠翠，杂沓衢巷，所集之地，行肆毕备，须得太守一往后方盛，土人因目太守为“遨头”云。（宋傅干《注坡词》）

鹊桥仙 七夕送陈令举

缑山仙子，高情云渺，不学痴牛騃

女。凤箫声断月明中，举手谢时人欲去。

客槎曾犯，银河波浪，尚带天风海雨。相逢一醉是前缘，风雨散飘然何处。

◎陈舜俞字令举，乌程人。博学强记，登进士，又举制科第一。熙宁中，知山阴县。青苗法行，舜俞不奉令，上疏自劾，谪监南康军酒税，卒。苏轼为文哭之，称其学术才能，兼百人之器。（《一统志·湖州府·人物》）

◎王子晋，周灵王太子也。好吹笙作凤鸣。游伊洛间，道士浮丘公接上山，三十馀年。后来于山上告桓良曰："我家七月七日，待我缑氏山。"至日果乘白鹤驻山头，望之不得到，举手谢时人而去。（《列仙传》）

◎天河之东有织女，天帝之子也。年年机杼劳役，织成云锦天衣。天帝怜其独处，许嫁河西牵牛郎，遂废织纴。天帝怒，责令归河东，唯每年七月七日夜渡河一会。（南朝宗懔《荆楚岁时记》）

◎痴牛与騃女，不肯勤农桑。徒劳含淫思，夕旦遥相望。（唐卢仝《月蚀》）

◎客槎：注见本卷《南歌子》"海上乘槎侣"。

◎风流云散，一别如雨。（三国魏王粲《赠蔡子笃》）

阮郎归

一年三过苏，最后赴密州，时有问这回来不来，其色凄然。太守王规父嘉之，令作此词。

一年三度过苏台，清尊长是开。佳人

相问苦相猜，这回来不来。

情未尽，老先催，人生真可咍。他年桃李阿谁栽，刘郎双鬓衰。

◎阖闾起姑苏台，三年聚材，五年乃成，高可见五百里。（《越绝书》）

◎咍，蚩笑也。（《说文解字》）

◎刘尚书禹锡自屯田员外左迁朗州司马，凡十年，始征还。方春，作《赠看花诸君子》诗曰："紫陌红尘拂面来，无人不道看花回。玄都观里桃千树，尽是刘郎去后栽。"其诗一出，传于都下。有素嫉其名者，白于执政，又诬其有怨愤。他日见时宰，与坐，慰问甚厚。既辞，即曰："近有新诗，未免为累，奈何？"不数日，出为连州刺史。其自叙云："贞元十一年春，余为屯田员外，时此观未有花。是岁出牧连州，至荆南，又贬朗州司马。居十年，诏至京师，人人皆言有道士手植仙桃满观，盛如红霞，遂有前篇，以记一时之事。旋又出牧，于今十四年，始为主客郎中，重游玄都，荡然无复一树，唯兔葵燕麦动摇于春风耳。因再题二十八字，以俟后再游。"时大和二年三月也。诗曰："百亩庭中半是苔，桃花净尽菜花开。种桃道士归何处，前度刘郎今又来。"（唐孟棨《本事诗》）

◆甲寅（1074）十月，至金阊，饮于王海席上作。（清王文诰《苏诗总案》）

醉落魄 苏州阊门留别

苍颜华发，故山归计何时决？旧交新

贵音书绝，惟有佳人，犹作殷勤别。

离亭欲去歌声咽，潇潇细雨凉吹颊。泪珠不用罗巾裛，弹在罗衫，图得见时说。

◎阖闾城西，阊、胥二门。（《一统志·苏州府》）

◎翟公云："一死一生，乃知交情。一贫一富，乃知交态。一贵一贱，交情乃见。"（《汉书·郑当时传》）

◎厚禄故人书断绝，恒饥稚子色凄凉。（唐杜甫《狂夫》）

菩萨蛮 润州和元素

玉笙不受珠唇暖，离声凄咽胸填满。遗恨几千秋，心留人不留。

他年京国酒，堕泪攀枯柳。莫唱短因缘，长安远似天。

◎温自江陵北伐，行经金城，见少为琅邪时所种柳皆已十围，慨然曰："木犹如此，人何以堪！"攀枝执条，泫然流涕。（《晋书·桓温传》）

◎鲍生者，有妾二人，遇外弟韦生有良马，鲍出妾为酒劝韦。韦请以马换妾，鲍许以抱胡琴者，仍命歌以送韦酒。既而妾又歌以送鲍酒，歌曰："风飐荷珠难暂圆，多生信有短因缘。西楼今夜三更月，还照离人泣断弦。"（《太平广记》卷三四九《韦鲍生妓》）

◎长安远：注见本卷《江城子》“翠蛾羞黛怯人看”。

◆甲寅（1074），和元素。（宋傅藻《东坡纪年录》）

减字木兰花

赠润守许仲涂，且以郑容落籍、高莹从良为句首。

郑庄好客，容我尊前先堕帻。落笔生风，籍籍声名不负公。

高山白早，莹骨冰肤那解老。从此南徐，良夜清风月满湖。

◎郑当时字庄，为汉太子舍人。每五日洗沐，常置驿马长安诸郊，请谢宾客，夜以继日，至明旦，常恐不遍。（宋傅干《注坡词》）

◎（庾）峻子敳，字子嵩，为陈留相。参东海王越太傅军事，有重名，为搢绅所推，而聚敛积实，谈者讥之。时刘舆见任于越，人士多为所构，惟敳纵心事外，无迹可间。后以其性俭家富，说越令就换钱千万，冀其有吝，因此可乘。越于众坐中问于敳，而敳乃颓然已醉，帻堕机上，以头就穿取。徐答曰：“下官家有二千万，随公所取矣。”舆于是乃服。越甚悦，因曰：“不可以小人之虑，度君子之心。”（《晋书·庾峻传》）

◎高名动京师，天下皆籍籍。（唐李白《赠韦秘书子春》）

◎雪里高山头白早。（唐刘禹锡《苏州白舍人寄新诗有叹早白无儿之句因以赠之》）

◆甲寅（1074）作。（宋傅藻《东坡纪年录》）

◆东坡自钱塘被召，过京口，林子中作郡守，有宴会，座中营妓出牒，郑容求落籍，高莹求从良。子中命呈牒东坡，坡索笔题《减字木兰花》于牒后云云，暗用“郑容落籍、高莹从良”八字于句端也。一作润守许仲远。（宋孙宗鉴《东皋杂录》）

南歌子 别润守许仲涂

欲执河梁手，还升月旦堂。酒阑人散月侵廊，北客明朝归去雁南翔。

窈窕高明玉，风流郑季庄。一时分散水云乡，惟有落花芳草断人肠。

◎携手上河梁，游子暮何之。（汉李陵《与苏武三首》）

◎（许）劭与从兄靖俱有高名，好共核论乡党人物，每月辄更其品题。故汝南俗有月旦评焉。（《后汉书·许劭传》）

◎高明玉，莹也。郑季庄，容也。高莹、郑容，皆南徐之名妓。（宋傅干《注坡词》）

采桑子

润州甘露寺多景楼，天下之殊景也。甲寅仲

冬，余同孙巨源、王正仲参会于此，有胡琴者姿色尤好。三公皆一时英秀，景之秀，妓之妙，真为希遇。饮阑，巨源请于余曰："残霞晚照，非奇才不尽。"余作此词。

多情多感仍多病，多景楼中，尊酒相逢，乐事回头一笑空。

停杯且听琵琶语，细捻轻拢，醉脸春融，斜照江天一抹红。

◎多景楼在今江苏北固山甘露寺内，北面大江，颇据形势。始建于宋郡守陈天麟，即唐临江亭故址。（《清一统志》）

◎尊酒相逢十载前，君为壮夫我少年。（唐韩愈《赠郑兵曹》）

◆甲寅（1074），多景楼与孙巨源相遇作。（宋傅藻《东坡纪年录》）

◆润州甘露寺多景楼，天下之殊景。甲寅仲冬，苏子瞻、孙巨源、王正仲参会于此，有胡琴者姿色尤好。三公皆一时英秀，景之秀，妓之妙，真为希遇。饮阑，巨源请于子瞻曰："残霞晚照，非奇才不尽。"子瞻作此词。（《本事集》）

更漏子 送孙巨源

水涵空，山照市，西汉二疏乡里。新白发，旧黄金，故人恩义深。

海东头，山尽处，自古客槎来去。槎有信，赴秋期，使君行不归。

◎疏广、疏受，东海人。广为太子太傅，受为少傅。并乞骸骨归乡里，宣帝赐黄金二十斤，太子赠五十斤。公卿大夫、故人邑子设祖道，供帐东都门外，观者皆曰："贤哉，二大夫！"广既归乡里，日与故旧宾客相与饮乐。问其家金馀有几所，趣卖以共具，曰："此圣主所以惠养老臣也。"于是乡党族人悦服焉。（《汉书·疏广传》）

◎客槎：注见本卷《南歌子》"海上乘槎侣"。

◆甲寅（1074）十月作。（清王文诰《苏诗总案》）

醉落魄 席上呈杨元素

分携如昨，人生到处萍飘泊。偶然相聚还离索。多病多愁，须信从来错。

尊前一笑休辞却，天涯同是伤沦落。故山犹负平生约。西望峨嵋，长羡归飞鹤。

◎同是天涯沦落人，相逢何必曾相识。（唐白居易《琵琶行》）

◎丁令威学道于灵虚山，后化鹤归辽，集华表柱云："有鸟有鸟丁令威，去家千年今始归。城郭如故人民非，何不学仙冢累累。"（《搜神后记》）

◆甲寅（1074），离京口，呈元素作。（宋傅藻《东坡纪年录》）

浣溪沙

赠陈海州。陈尝为眉令，有声。

长记鸣琴子贱堂，朱颜绿发映垂杨。如今秋鬓数茎霜。

聚散交游如梦寐，升沉闲事莫思量。仲卿终不忘桐乡。

◎子贱宰单父，鸣琴而治。巫马期亦宰单父，以星出，以星入，日夜不处，以身亲之，而单父亦治。（《说苑·政理》）

◎朱邑字仲卿，庐江舒人。少时为舒桐乡啬夫，廉平不苛，以爱利为行，未尝笞辱人，存问耆老孤寡，遇之有恩，所部吏民爱敬焉。后官至大司农，病且死，属其子曰："我故为桐乡吏，其民爱我，必葬我桐乡。后世子孙奉尝我，不如桐乡民。"及死，其子葬之桐乡西郭外。民果然共为邑起冢立祠，岁时祠祭，至今不绝。（《汉书·循吏传》）

沁园春

赴密州，早行，马上寄子由。

孤馆灯青，野店鸡号，旅枕梦残。渐月华收练，晨霜耿耿，云山摛锦，朝露团团。世路无穷，劳生有限，似此区区长鲜欢。微吟罢，凭征鞍无语，往事千端。

当时共客长安，似二陆初来俱少年。有笔头千字，胸中万卷，致君尧舜，此事何难。用舍由时，行藏在我，袖手何妨闲处看。身长健，但优游卒岁，且斗尊前。

◎鸡声茅店月，人迹板桥霜。（唐温庭筠《商山早行》）

◎秋河曙耿耿。（南朝谢朓《暂使下都夜发新林至京邑赠府同僚》）

◎野有蔓草，零露漙兮。（《诗经·郑风·野有蔓草》。“漙”通“团”。）

◎陆机字士衡，吴郡人。抗子。少有异才，文章冠世。抗卒，领父兵为牙门将。年二十而吴灭。太康末，与弟云俱入洛，造太常张华。华素重其名，如旧相识，曰：“伐吴之役，利获二俊。”云字士龙，六岁能属文。性清正，有才理。少与机齐名，虽文章不及机，而持论过之，号曰“二陆”。年十六，吴平，入洛。机初诣张华，华问云何在，机曰：“云有笑疾，未敢自见。”俄而云至，华为人多姿制，又好帛绳缠须，云见而大笑，不能自已。（《晋书·陆机传》）

◎伊尹曰：“吾安能使是君为尧舜之君哉？”（《孟子·万章上》）

◎用之则行，舍之则藏，惟我与尔有是夫。（《论语·述而》）

◎且斗尊前见在身。（唐牛僧孺《席上赠刘梦得》）

◆甲寅（1074）十月作。（宋傅藻《东坡纪年录》）

◆公时由海州赴密，不复绕道至齐一视子由，故其词如此耳。（清王文诰《苏诗总案》）

◆绛人孙安常注坡词，参以汝南文伯起《小雪堂诗话》，删去他人所作《无愁可解》之类五十六首，其所是正亦无虑数十百处，坡词遂为完本，不可谓无功。然尚有可论者，如“古岸开青葑”《南柯子》以末后二句倒入前篇。此等犹为未尽，然特其小小者耳。就中“野店鸡号”一篇，极害义理，不知谁所作，世人误为东坡，而小说家又以神宗之言实之，云神宗闻此词不能平，乃贬坡黄州，且言“教苏某闲处袖手，看朕与王安石治天下”。安常不能辨，复收之集中。如“当时共客长安，似二陆初来俱妙年。有胸中万卷，笔头千字，致君尧舜，此事何难。用舍由时，行藏在我，袖手何妨闲处看”之句，其鄙俚浅近，叫呼衒鬻，殆市驵之雄醉饱而后发之，虽鲁直家婢仆且羞道，而谓东坡作者，误矣。又前人诗文有一句或一二字异同，盖传写之久，不无讹谬，或是落笔之后，随有改定。而安常一切以别本为是，是亦好奇尚异之蔽也。就孙集录取七十五首，遇语句两出者，择而从之。自馀“玉龟山”一篇，予谓非东坡不能作，孙以为古词，删去之，当自别有所据。姑存卷末，以候更考。（元元好问《遗山文集·东坡乐府集选引》）

永遇乐

孙巨源以八月十五日离海州，坐别于景疏楼上。既而与余会于润州，至楚州乃别。余以十一月十五日至海州，与太守会于景疏楼上，作此词以寄巨源。

长忆别时，景疏楼上，明月如水。美酒清歌，留连不住，月随人千里。别来三度，孤光又满，冷落共谁同醉。卷珠帘、凄然顾影，共伊到明无寐。

今朝有客，来从濉上，能道使君深意。凭仗清淮，分明到海，中有相思泪。而今何在，西垣清禁，夜永露华侵被。此时看、回廊晓月，也应暗记。

◎三五二八时，千里与君同。（南朝鲍照《月》）

◎西垣：中书省。

◆甲寅（1074），海州寄巨源作。（宋傅藻《东坡纪年录》）

减字木兰花

空床响琢，花上春禽冰上雹。醉梦尊前，惊起湖风入坐寒。

《转关》《镬索》，春水流弦霜入拨。月堕更阑，更请宫高奏独弹。

◎正之云，《转关六么》、《濩索梁州》、《历弦薄媚》、《醉吟商胡渭州》，此四曲承平时专入琵琶，今不复有能传者。（宋范成大《复作韵记昨日坐中剧谈及赵家琵琶之妙呈王正之提刑二绝》自注）

◎间关莺语花底滑，幽咽流泉水下滩。（唐白居易《琵琶行》）

蝶恋花 密州上元

灯火钱塘三五夜，明月如霜，照见人如画。帐底吹笙香吐麝，更无一点尘随马。

寂寞山城人老也，击鼓吹箫，却入农桑社。火冷灯稀霜露下，昏昏雪意云垂野。

◎正月十五日为上元。（《白氏六帖》）

◎暗尘随马去。（唐苏味道《正月十五夜》）

◆乙卯（1075）正月十五日作。（清王文诰《苏诗总案》）

江城子

乙卯正月二十日夜记梦。

十年生死两茫茫。不思量，自难忘。千里孤坟，无处话凄凉。纵使相逢应不识，尘满面，鬓如霜。

夜来幽梦忽还乡。小轩窗，正梳妆。相顾无言，惟有泪千行。料得年年肠断处，明月夜，短松冈。

◆词注谓公悼亡之作，考通义君卒于治平二年

（1065）乙巳，至是熙宁八月乙卯（1075），正十年也。本集《亡妻王氏墓志铭》：治平二年五月丁亥，赵郡苏轼之妻卒于京师。其明年六月壬子，葬于眉之东北彭山县安镇乡可龙里先君先夫人墓之西北。（清王文诰《苏诗总案》）

雨中花慢

初至密州，以累年旱蝗，斋素累月。方春牡丹盛开，遂不获一赏。至九月，忽开千叶一朵，雨中特为置酒，遂作。

今岁花时深院，尽日东风，轻飏茶烟。但有绿苔芳草，柳絮榆钱。闻道城西，长廊古寺，甲第名园。有国艳带酒，天香染袂，为我留连。

清明过了，残红无处，对此泪洒尊前。秋向晚、一枝何事，向我依然。高会聊追短景，清商不假馀妍。不如留取，十分春态，付与明年。

◎明皇内殿赏牡丹，问侍臣牡丹诗谁为首。奏云，李正封诗曰："国色朝酣酒，天香夜染衣。"（唐李浚《松窗杂录》）

◆乙卯（1075）九月作。（宋傅藻《东坡纪年录》）

江城子 密州出猎

老夫聊发少年狂。左牵黄，右擎苍。锦帽貂裘，千骑卷平冈。为报倾城随太守，亲射虎，看孙郎。

酒酣胸胆尚开张。鬓微霜，又何妨。持节云中，何日遣冯唐。会挽雕弓如满月，西北望，射天狼。

◎（冯）唐事文帝，帝曰："公何以言吾不能用颇、牧也？"唐对曰："今臣窃闻魏尚为云中守，军市租尽以给士卒，出私养钱，五日壹杀牛，以飨宾客军吏舍人，是以匈奴远避，不近云中之塞。虏尝一入，尚帅车骑击之，所杀甚众。夫士卒尽家人子，起田中从军，安知尺籍伍符。终日力战，斩首捕虏，上功莫府，一言不相应，文吏以法绳之。其赏不行，吏奉法必用。愚以为陛下法太明，赏太轻，罚太重。且云中守尚坐上功首虏差六级，陛下下之吏，削其爵，罚作之。繇此言之，陛下虽得李牧，不能用也。臣诚愚，触忌讳，死罪！"文帝说，是日令唐持节赦魏尚，复以为云中守，而拜唐为车骑都尉。（《汉书·冯唐传》）

◎举长矢兮射天狼。（《楚辞·九歌·东君》）

◆乙卯（1075）冬，祭常山回，与同官习射放鹰作。（宋傅藻《东坡纪年录》）

水龙吟 赠赵晦之吹笛侍儿

楚山修竹如云，异材秀出千林表。龙须半剪，凤膺微涨，玉肌匀绕。木落淮南，雨晴云梦，月明风袅。自中郎不见，桓伊去后，知孤负，秋多少。

闻道岭南太守，后堂深、绿珠娇小。绮窗学弄，《梁州》初遍，《霓裳》未了。嚼徵含宫，泛商流羽，一声云杪。为使君洗尽，蛮风瘴雨，作《霜天晓》。

◎（蔡）邕告吴人曰：吾昔尝经会稽高迁亭，见屋椽竹东间第十六可以为笛。取用果有异声。（《后汉书》注引张骘《文士传》）

◎桓伊：注见本卷《昭君怨》“谁作桓伊三弄”。

◎绿珠：石崇家妓名也。素善吹笛。另参见本卷《南乡子》“旌旆满江湖”注。

◎《梁州》，乃开元间西凉州所献之曲也。其词则贵妃为之。天宝初，罗公远侍明皇中秋宴，公远奏曰：“陛下能从臣月宫游乎？”命取桂枝杖，向空掷之为大桥，色如白金。上同行数十里，至大城阙，公远曰：“此月宫也。”仙女数百，素衣飘然，舞于广庭中。上问：“此为何曲？”曰：“《霓裳羽衣曲》也。”上密记其声节，及回，即喻伶人象其音调，制为《霓裳羽衣》之曲。初遍者，今乐府诸大曲，凡数十解，于攧前则有排遍，攧后则有延遍。此谓之初遍，岂非排遍之首谓乎？（《杨妃外传》）

《水龙吟》（楚山修竹如云）词意图

◆乙卯（1075）作。（宋傅藻《东坡纪年录》）

◆东坡《水龙吟》咏笛词，传有八字谥："楚山修竹如云，异材秀出千林表"，此笛之质也；"龙须半剪，凤膺微涨，玉肌匀绕"，此笛之状也；"木落淮南，雨晴云梦，月明风袅"，此笛之时也；"自中郎不见，将军去后，知孤负，秋多少"，此笛之事也；"闻道岭南太守，后堂深、绿珠娇小"，此笛之人也；"绮窗学弄，《凉州》初试，《霓裳》未了"，此笛之曲也；"嚼徵含宫，泛商流羽，一声云杪"，此笛之音也；"为使君洗尽，蛮烟瘴雨，作《霜天晓》"，此笛之功也。嚼徵、含宫、泛商、流羽，五音已用其四，唯少一"角"字。末句作"《霜天晓》"，歇后一"角"字。（宋张端义《贵耳录》）

◆东坡词如《水龙吟》咏杨花、咏闻笛，又如《过秦楼》、《洞仙歌》、《卜算子》等作，皆清丽舒徐，高出人表。（宋张炎《词源》）

◆岭南太守闾丘公显致仕，居姑苏，东坡每过必留连。坡尝言，过姑苏不游虎丘，不谒闾丘，乃二欠事。其重之如此。一日，出其后房佐酒，有懿卿者，善吹笛，坡作《水龙吟》赠之，"楚山修竹如云"是也。词见《草堂诗馀》，而不知其事，故著之。（明杨慎《词品》）

◆二百馀字，堪与马融《长笛赋》抗衡。（明卓人月《古今词统》）

◆非无字面芜累处，然丰骨毕竟超凡。玉田云"清丽舒徐"，未敢轻议也。（清先著、程洪《词洁》）

◆愚溪云："笛制，取良竿，首存一节，节间留纤枝，剪而束之，节以下当膺处则微张，全体皆须白净。"此词上阕"龙须"三句形容尽致，"木落"三句咏笛而兼状景物，中郎桓伊，更悠然怀友，可谓句意并到。结句一奏

霜天之曲，瘴雨蛮风，一时尽扫，见笛韵之高也。（俞陛云《唐五代两宋词选释》）

减字木兰花

送东武令赵昶失官归海州

贤哉令尹，三仕已之无喜愠。我独何人，犹把虚名玷搢绅。

不如归去，二顷良田无觅处。归去来兮，待有良田是几时？

◎令尹子文三仕为令尹，无喜色；三已之，无愠色。（《论语·公冶长》）

◎苏秦曰："使我有洛阳负郭田二顷，吾岂能佩六国相印乎？"（《史记·苏秦列传》）

◆乙卯（1075）作。（宋傅藻《东坡纪年录》）

蝶恋花

微雪，客有善吹笛击鼓者，方醉中，有人送《苦寒诗》求和，遂以此答之。

帘外东风交雨霰。帘里佳人，笑语如莺燕。深惜今年正月暖，灯光酒色摇金盏。

掺鼓《渔阳》挝未遍。舞褪琼钗，汗湿香罗软。今夜何人吟古怨，清诗未了冰生砚。

◎曹操闻衡善击鼓，乃召为鼓史。因大会宾客，阅试音节。诸史过者，令脱其故衣，更着岑牟单绞之服。次至衡，衡方为《渔阳》掺挝，蹀躞而前，容态有异，声节悲壮，听者莫不慷慨。（《后汉书·祢衡传》）

◆丙辰（1076）春夜，文勋席上作。（清王文诰《苏诗总案》）

满江红

正月十三日，雪中送文安国还朝。

天岂无情，天也解、多情留客。春向暖、朝来底事，尚飘轻雪。君遇时来纡组绶，我应老去寻泉石。恐异时、杯酒复相思，云山隔。

浮世事，俱难必。人纵健，头应白。何辞更一醉，此欢难觅。不用向佳人诉离恨，泪珠先已凝双睫。但莫遣、新燕却来时，音书绝。

◎袖中有短诗，愿寄双飞燕。（南朝江淹《杂体诗》）

殢人娇 戏邦直

别驾来时，灯火荧煌无数。向青琐、隙中偷觑，元来便是，共彩鸾仙侣。方见了、管须低声说与。

百子流苏，千枝宝炬，人间有、洞房烟雾。春来何事，故抛人别处。坐望断、楼中远山归路。

◎大和末，有书生文箫游钟陵，因中秋许仙君上升日，吴、蜀、楚、越士女骈集，生亦往焉。忽遇一姝，风韵出尘，吟诗曰："若能相伴陟仙坛，应得文箫驾彩鸾。自有绣襦并甲帐，琼台不怕雪霜寒。"生曰："吾姓名其兆乎？此必神仙之俦侣也。"夜四鼓，姝与三四辈独秉烛登山，生潜蹑其后。姝觉，回首曰："岂非文箫耶？"至绝顶，乃知其为女仙矣。彩鸾与生有夙契，遂同归钟陵，仅十载。后至会昌间，遂入越王山，各乘一虎，登仙而去。（《传奇集》）

望江南 超然台作

春未老，风细柳斜斜。试上超然台上看，半壕春水一城花，烟雨暗千家。

寒食后，酒醒却咨嗟。休对故人思故国，且将新火试新茶，诗酒趁年华。

◎冬节一百五日，即有疾风甚雨，谓之寒食，禁火三日。（南朝宗懔《荆楚岁时记》）

◎新火：《周官》以季春出火，则寒食后乃其时尔，故曰"新火"。

又

春已老，春服几时成？曲水浪低蕉叶稳，舞雩风软纻罗轻，酣咏乐升平。

微雨过，何处不催耕。百舌无言桃李尽，柘林深处鹁鸪鸣，春色属芜菁。

◎莫春者，春服既成，冠者五六人，童子六七人，浴乎沂，风乎舞雩，咏而归。（《论语·先进》）

◎晋武帝问尚书挚虞曰："三月曲水，其义何？"答曰："汉章帝时，平原徐肇以三月初生三女，至三日而俱亡，一村以为怪，乃招携至水滨盥洗，遂因水以泛觞。曲水之义起于此。"帝曰："若所谈非好事。"尚书郎束皙曰："仲治小生，不足以知。臣请说其始。昔周公成洛邑，因流水以泛酒，故逸诗曰：'羽觞随流波。'又秦昭王三日置酒河曲，见有金人出奉水心剑曰：'令君制有西夏。'乃因其处立为曲水。二汉相沿，皆为盛集。"帝曰："善。"赐金五十斤，左迁仲治为阳城令。（南朝吴均《续齐谐记》）

◎蕉叶：杯名。

满江红

东武会流杯亭，上巳日作。城南有坡，土色如丹，其下有堤，壅邦淇水入城。

东武南城，新堤就、邦淇初溢。微雨过、长林翠阜，卧红堆碧。枝上残花吹尽也，与君试向江头觅。问向前、犹有几多春，三之一。

官里事，何时毕？风雨外，无多日。相将泛曲水，满城争出。君不见兰亭修禊事，当时坐上皆豪逸。到如今、修竹满山阴，空陈迹。

◎三月三日，都人并出水渚，为流杯曲水之饮。（南朝宗懔《荆楚岁时记》。另参见本卷《望江南》“春已老”注。）

◆丙辰（1076）上巳日，流觞于南禅小亭作。（宋傅藻《东坡纪年录》）

水调歌头

丙辰中秋，欢饮达旦，大醉，作此篇，兼怀子由。

明月几时有，把酒问青天。不知天上宫阙，今夕是何年。我欲乘风归去，惟恐琼楼玉宇，高处不胜寒。起舞弄清影，何似在人间。

转朱阁，低绮户，照无眠。不应有恨，何事长向别时圆。人有悲欢离合，月有阴晴圆缺，此事古难全。但愿人长久，

《水调歌头》（明月几时有）词意图

千里共婵娟。

◎青天有月来几时，我今停杯一问之。（唐李白《把酒问月》）

◎八月十五夜，叶静能邀上游月宫，将行，请上衣裘而往。及至月宫，寒凛特异，上不能禁。静能出丹二粒进，上服之，乃止。（唐郑处诲《明皇杂录》）

◆此词清空中有意趣，无笔力者未易到。（宋张炎《词源》）

◆“人有”三句，大开大阖之笔，他人所不能。（王闿运《湘绮楼词选》）

◆发端从太白仙心脱化，顿成奇逸之笔。湘绮诵此词，以为此全字韵，可当三语掾，自来未经人道。（郑文焯手批《东坡乐府》）

◆苏轼于中秋夜宿金山寺，作《水调歌头》寄子由云云。神宗读至“琼楼玉宇”二句，乃叹曰：“苏轼终是爱君。”即量移汝州。（《坡仙集外纪》）

◆歌者袁绹，乃天宝之李龟年也，宣和间供奉九重。尝为吾言：东坡公昔与客游金山，适中秋夕，天宇四垂，一碧无际，加江流澒涌，俄月色如昼。遂共登金山山顶之妙高台，命绹歌其《水调歌头》曰：“明月几时有，把酒问青天。”歌罢，坡为起舞而顾问曰：“此便是神仙矣。”吾谓文章人物，诚千载一时，后世安所得乎？（宋蔡絛《铁围山丛谈》）

画堂春寄子由

柳花飞处麦摇波，晚湖净，鉴新磨。

小舟飞棹去如梭，齐唱采菱歌。

平野水云溶漾，小楼风日晴和。济南何在暮云多，归去奈愁何。

江城子

前瞻马耳九仙山。碧连天，晚云闲。城上高台，真个是超然。莫使匆匆云雨散，今夜里，月婵娟。

小溪鸥鹭静联拳。去翩翩，点轻烟。人事凄凉，回首便他年。莫忘使君歌笑处，垂柳下，矮槐前。

◎马耳山高百丈，上有二石并举，望齐马耳，故世取名焉。（北朝郦道元《水经注》）

◎子瞻守高密，因其城上之废台而增葺之，以告辙曰："将何以名之？"辙曰："天下之士，奔走于是非之场，浮沉于荣辱之海，嚣然尽力而忘反，亦莫自知也。而达者哀之，非以其超然不累于物耶？老子曰：'虽有荣观，燕处超然。'试以'超然'名之，可乎？"乃为之赋云云。（宋苏辙《超然台赋叙》）

◎沙头宿鹭联拳静，船尾跳鱼拨刺鸣。（唐杜甫《漫成一绝》）

◆丙辰（1076）十月，晚登超然台望月作。（清王文诰《苏诗总案》）

又东武雪中送客

相从不觉又初寒。对尊前，惜流年。风紧离亭，冰结泪珠圆。雪意留君君不住，从此去，少清欢。

转头山上转头看。路漫漫，玉花翻。云海光宽，何处是超然。知道故人想念否，携翠袖，倚朱阑。

◎转头山在诸城县南四十里。（《一统志·青州府》）

◆丙辰（1076）十二月，东武雪中送章传道作。（宋傅藻《东坡纪年录》）

南乡子席上劝李公择酒

不到谢公台，明月清风好在哉。旧日髯孙何处去，重来，短李风流更上才。

秋色渐摧颓，满院黄英映酒杯。看取桃花春二月，争开，尽是刘郎去后栽。

◎张辽问吴降人："向有紫髯将军，长上短下，是谁？"答曰："是孙会稽仲谋也。"（《三国志·吴书·吴主传》裴松之注）

◎短李：唐李绅为人短小精悍，于诗最有名，时号"短李"。

◎刘郎：注见本卷《阮郎归》“一年三度过苏台”。

◆丁巳（1077），过齐，时公择守齐，席上作。（宋傅藻《东坡纪年录》）

阳关曲答李公择

济南春好雪初晴，才到龙山马足轻。使君莫忘霅溪女，还作《阳关》肠断声。

◎霅溪在府治南，即诸水所汇也。（《一统志·湖州府》）

◎断肠声里唱《阳关》。（唐李商隐《赠歌妓二首》）

◆是阕第三句第五字，以入声为协律，盖昉于“劝君更尽一杯酒”也。（郑文焯手批《东坡乐府》）

蝶恋花暮春别李公择

簌簌无风花自堕。寂寞园林，柳老樱桃过。落日有情还照坐，山青一点横云破。

路尽河回人转柂。系缆渔村，月暗孤灯火。凭仗飞魂招楚些，我思君处君思我。

◆丁巳（1077）作。（宋傅藻《东坡纪年录》）

殢人娇小王都尉席上赠侍人

满院桃花，尽是刘郎未见。于中更、

一枝纤软。仙家日月，笑人间春晚。浓睡起、惊飞乱红千片。

密意难传，羞容易变。平白地、为伊肠断。问君终日，怎安排心眼？须信道、司空自来见惯。

◎刘郎：见本卷《阮郎归》“一年三度过苏台”注。

◎刘尚书禹锡罢和州，为主客郎中，集贤殿学士。李司空罢镇在京，慕刘名，尝邀至第中，厚设饮馔。酒酣，命妙妓歌以送之。刘于席上赋诗曰：“鬌鬌梳头宫样妆，春风一曲《杜韦娘》。司空见惯浑闲事，断尽江南刺史肠。”李因以妓赠之。（唐孟棨《本事诗·情感》）

◆丁巳（1077）二月，告下，以尚书祠部员外郎直史馆，徙知徐州军州事。三月二日寒食，与王诜饮于四照亭上作。（清王文诰《苏诗总案》）

洞仙歌

江南腊尽，早梅花开后。分付新春与垂柳。细腰肢、自有入格风流，仍更是，骨体清英雅秀。

永丰坊那畔，尽日无人，谁见金丝弄晴昼。断肠是飞絮时，绿叶成阴，无个事、一成消瘦。又莫是东风逐君来，便吹散眉间，一点春皱。

◎隔户垂杨弱袅袅，恰如十五女儿腰。（唐杜甫《绝句漫兴九首》）

◎永丰坊西南角园中有垂柳一株，柔条极茂。白尚书曾赋诗，传入乐府，流遍京都。近有诏旨，取两枝植于禁苑，乃知一顾增十倍之价，非虚语也。（唐白居易《河南卢贞和乐天诗序》）

阳关曲 中秋作

暮云收尽溢清寒，银汉无声转玉盘。此生此夜不长好，明月明年何处看？

◆不字律，妙句天成。（郑文焯手批《东坡乐府》）

水调歌头

余去岁在东武，作《水调歌头》以寄子由。今年子由相从彭门百馀日，过中秋而去，作此曲以别。余以其语过悲，乃为和之，其意以不早退为戒，以退而相从之乐为慰云。

安石在东海，从事鬓惊秋。中年亲友难别，丝竹缓离愁。一旦功成名遂，准拟东还海道，扶病入西州。雅志困轩冕，遗恨寄沧洲。

岁云暮，须早计，要褐裘。故乡归去千里，佳处辄迟留。我醉歌时君和，醉倒须君扶我，惟酒可忘忧。一任刘玄德，相对卧高楼。

◎（谢）安字安石，少有重名，栖迟东土，放情丘壑。安妻，刘惔妹也，既见家门富贵，而安独静退，乃谓曰："丈夫不如此也。"安掩鼻曰："恐不免耳。"及万黜废，安始有仕进志，时年已四十馀矣。（《晋书·谢安传》）

◎谢安尝谓（王）羲之曰："中年以来，伤于哀乐，与亲友别，辄作数日恶。"羲之曰："年在桑榆，自然至此。顷正赖丝竹陶写，恒恐儿辈觉，损其欢乐之趣。"（《晋书·王羲之传》）

◎（谢）安虽受朝寄，然东山之志，始末不渝，每形于言色。及镇新城，尽室而行，造泛海之装，欲须经略粗定，自江道还东。雅志未就，遂遇疾笃，上疏请量宜旋旆。诏遣侍中慰劳，遂还都。闻当舆入西州门，自以本志不遂，深自慨失，因怅然谓所亲曰："吾病殆不起乎！"（《晋书·谢安传》）

◎今之所谓得志者，轩冕之谓也。轩冕在身，物之傥来寄也。（《庄子·缮性》）

◎（顾荣）谓张翰曰："惟酒可以忘忧，但无如作病何耳。"（《晋书·顾荣传》）

◎陈登字元龙。许汜曰："陈元龙湖海之士，豪气未除。"刘备（字玄德）谓汜曰："君言豪，宁有事耶？"汜曰："昔过下邳，见元龙。元龙无主客之意，久不与语，自上大床卧，使客卧下床。"备曰："天下大乱，望君有救世之意，而君求田问舍，言无可采，如小人，欲卧百尺

楼，而卧君于地，何但上下床之间耶？”（《三国志·魏书·陈登传》）

◆丁巳（1077），子由过中秋而别作。（宋傅藻《东坡纪年录》）

浣溪沙

赠闾丘朝议，时还徐州。

一别姑苏已四年，秋风南浦送归船。画帘重见水中仙。

霜鬓不须催我老，杏丹依旧驻君颜。夜阑相对梦魂间。

◎春草碧色，春水绿波，送君南浦，伤如之何。（南朝江淹《别赋》）

◎郑生晨出，渡洛桥，遇艳丽，载而与俱，号曰泛人。居岁满，无以久留，生持泣留之不能，竟去。后十馀年，生之兄为岳州刺史，上巳日与家徒登岳阳楼，望岳渚，张乐宴酣。生愁思，吟诗曰：“情无限兮荡洋洋，怀佳期兮属三湘。”声未终，有画舻浮漾而来，中有彩楼，高百尺，其上施帷帐栏笼，画饰帏褰。有弹弦鼓吹者，皆神仙蛾眉，被服烟霞，裾袖皆广尺。中有一人起舞，含颦怨望，形类泛人，舞而歌曰：“泝青春兮江之隅，拖湖波兮袅绿裾。荷拳拳兮未舒，非同归兮焉如。”舞毕，敛袖翔然，凝望楼中。纵观方临槛，须臾风涛崩怒，遂迷所往。（《湘中怨》）

◎董奉居庐山，为人治病，重者种杏五株，轻者种一株，号董仙杏林。（《神仙传》）

◆丁巳（1077）八月，闾丘公显过彭城作。（清王文诰《苏诗总案》）

临江仙 送李公恕

自古相从休务日，何妨低唱微吟。天垂云重作春阴。坐中人半醉，帘外雪将深。

闻道分司狂御史，紫云无路追寻。凄风寒雨更骎骎。问囚长损气，见鹤忽惊心。

◎杜牧为御史，分务洛阳。时李司徒罢镇闲居，声伎豪华，为当时第一，洛中名士咸谒见之。李乃大开筵席，当时朝客高流，无不臻赴。以杜持宪，不敢邀置。杜遣座客达意，愿与斯会。李不得已驰书。方对花独酌，亦已酣畅，闻命遽来。时会中已饮酒，女奴百馀人，皆绝艺殊色。杜独坐南行，瞪目注视。引满三卮，问李云："闻有紫云者，孰是?"李指示之。杜凝睇良久，曰："名不虚得，宜以见惠。"李俯而笑，诸妓亦皆回首破颜。杜又自饮三爵，朗吟而起曰："华堂今日绮筵开，谁唤分司御史来。忽发狂言惊满座，两行红粉一时回。"意殊闲逸，傍若无人。（唐孟棨《本事诗·高逸》）

◎龟言此地之寒，鹤讶今年之雪。（北朝庾信《小园赋》）

浣溪沙

徐门石潭谢雨，道上作五首。潭在城东二十里，常与泗水增减，清浊相应。

照日深红暖见鱼，连村绿暗晚藏乌。黄童白叟聚睢盱。

麋鹿逢人虽未惯，猿猱闻鼓不须呼。归来说与采桑姑。

◎暂出白门前，杨柳可藏乌。（古乐府）

◎盱者，睢盱。睢盱者，喜悦之貌。（《易·豫》："六三，盱豫，悔。迟，有悔。"孔颖达疏）

又

旋抹红妆看使君，三三五五棘篱门。相排踏破蒨罗裙。

老幼扶携收麦社，乌鸢翔舞赛神村。道逢醉叟卧黄昏。

又

麻叶层层檾叶光，谁家煮茧一村香。隔篱娇语络丝娘。

垂白杖藜抬醉眼，捋青捣麨软肌肠。

问言豆叶几时黄。

◎檾高四五尺，或六七尺，叶似苎而薄，实如大麻子。今人绩为布。（《尔雅翼》）

◎莎鸡以六月振羽作声，连夜札札不止，其声如纺丝之声，故一名梭鸡，一名络纬。今俗人谓之络丝娘。（《尔雅翼》）

◎杖藜从白首。（唐杜甫《屏迹三首》）

◎“小麦青青大麦枯”。则青者已足捋，而枯者可为麨矣。（《汉书》）

又

簌簌衣巾落枣花，村南村北响缲车。牛衣古柳卖黄瓜。

酒困路长惟欲睡，日高人渴漫思茶。敲门试问野人家。

又

软草平莎过雨新，轻沙走马路无尘。何时收拾耦耕身。

日暖桑麻光似泼，风来蒿艾气如熏。使君元是此中人。

◆戊午（1078）作。（宋傅藻《东坡纪年录》）

又 徐州藏春阁园中

惭愧今年二麦丰，千歧细浪舞晴空。化工馀力染夭红。

归去山公应倒载，阑街拍手笑儿童。甚时名作锦熏笼。

◎瑞香一名锦熏笼，一名锦被堆。（清高士奇《天禄识馀》）

◆戊午（1078），藏春阁作。（宋傅藻《东坡纪年录》）

又

缥缈红妆照浅溪，薄云疏雨不成泥。送君何处古台西。

废沼夜来秋水满，茂林深处晚莺啼。行人肠断草凄迷。

◆戊午（1078），送颜、梁，作《浣溪沙》。（宋傅藻《东坡纪年录》）

永遇乐

彭城夜宿燕子楼，梦盼盼，因作此词。

明月如霜，好风如水，清景无限。曲

港跳鱼，圆荷泻露，寂寞无人见。紞如三鼓，铿然一叶，黯黯梦云惊断。夜茫茫、重寻无处，觉来小园行遍。

天涯倦客，山中归路，望断故园心眼。燕子楼空，佳人何在，空锁楼中燕。古今如梦，何曾梦觉，但有旧欢新怨。异时对、黄楼夜景，为余浩叹。

◎燕子楼：张建封镇武宁，盼盼乃徐府奇色，公纳之于燕子楼，三日乐不息。后别为新燕子楼，独安盼盼，以宠嬖焉。暨公薨，盼盼感激深恩，誓不他适。后往往不食，遂卒。

◎徐州张尚书有爱妓盼盼，善歌舞，雅多风态。予为校书郎时，游淮、泗间，张尚书宴予。酒酣，出盼盼佐欢。予因赠诗，落句云：“醉娇胜不得，风袅牡丹花。”（唐白居易《和燕子楼诗序》）

◎紞：击鼓声。

◎天畔登楼眼，随春入故园。（唐杜甫《春日梓州登楼二首》）

◎黄楼在铜山县城东门，宋郡守苏轼建。（《一统志》）

◆戊午（1078）十月，梦登燕子楼，翼日往寻其地作。（清王文诰《苏诗总案》）

◆公以“燕子楼空”三句语秦淮海，殆以示咏古之超宕，贵神情，不贵迹象也。余尝深味是言，若发奥悟。

昨赋吴小城观梅《水龙吟》，有句云："对此茫茫，何曾西子，能倾一顾。又水漂花出，无人见也，回阑绕，空怀古。"自信得清空之致，即从此词悟得法门。以视旧咏吴小城词，竟有仙凡之别。（郑文焯手批《东坡乐府》）

◆东坡守徐州，作燕子楼乐章，方具稿，人未知之。一日，忽哄传于城中，东坡讶焉。诘其所从来，乃谓发端于逻卒。东坡召而问之，对曰："某稍知音律，尝夜宿张建封庙，闻有歌声，细听乃此词也，记而传之，初不知何谓。"东坡笑而遣之。（宋曾敏行《独醒杂志》）

千秋岁 徐州重阳作

浅霜侵绿，发少仍新沐。冠直缝，巾横幅。美人怜我老，玉手簪金菊。秋露重，真珠满袖沾馀馥。

坐上人如玉，花映花奴肉。蜂蝶乱，飞相逐。明年人纵健，此会应难复。须细看，晚来明月和银烛。

◎汉末王公名士好服幅巾，盖裂取幅缣而横着之也。（《晋书·舆服志》）

◎花奴，汝阳王琎小字也。善羯鼓，明皇极钟爱焉，尝曰："花奴姿质明莹，肌发光细，非人间人，必神仙谪堕也。"（《羯鼓录》）

◎红颜白面花映肉。（唐杜甫《暮秋忆枉裴道州手札》）

◎明年人纵健：注见本卷《浣溪沙》“白雪清词出坐间”。

◆戊午（1078）九月作。（宋傅藻《东坡纪年录》）

阳关曲 赠张继愿

受降城下紫髯郎，戏马台南旧战场。恨君不取契丹首，金甲牙旗归故乡。

◎神龙三年，张仁愿于河北筑三受降城，首尾相应，以绝南寇之路。以拂云祠为中城，与东西两城相去各四百馀里。北拓地三百馀里，置烽堆一千八百所。自是突厥不敢度山放牧。（《旧唐书·张仁愿传》）

◎紫髯郎：注见本卷《南乡子》“不到谢公台”。

◎戏马台在彭城县南三里。（《太平寰宇记》）

◆戊午（1078）作。（宋傅藻《东坡纪年录》）

江城子 别徐州

天涯流落思无穷。既相逢，却匆匆。携手佳人，和泪折残红。为问东风馀几许，春纵在，与谁同？

隋堤三月水溶溶。背归鸿，去吴中。回首彭城，清泗与淮通。欲寄相思千点泪，流不到，楚江东。

《江城子》（天涯流落思无穷）词意图

◆己未（1079）三月，告下，以祠部员外郎直史馆知湖州军州事。留别田叔通、寇元弼、石坦夫作。（清王文诰《苏诗总案》）

减字木兰花 彭门留别

玉觞无味，中有佳人千点泪。学道忘忧，一念还成不自由。

如今未见，归去东园花似霰。一语相开，匹似当初本不来。

◎君子游道，乐以忘忧。（《汉书·杨恽传》）

西江月 平山堂

三过平山堂下，半生弹指声中。十年不见老仙翁，壁上龙蛇飞动。

欲吊文章太守，仍歌杨柳春风。休言万事转头空，未转头时是梦。

◎平山堂：欧阳文忠公守扬州，于僧舍建平山堂，颇得观览之胜。《舆地纪胜》：在大明寺侧。负堂而望，江南诸山拱列檐下，故名，为士女游观之所。

◎二十瞬为一弹指。（《吕氏春秋》）

◎老仙翁：谓欧阳修。

◎百年随手过，万事转头空。（唐白居易《自咏》）

◆己未（1079）四月，同张大亨游平山堂。公倅杭、赴密、守湖，三过扬。熙宁辛亥，见欧阳公（修）于汝阴，至是元丰己未（1079），凡九年。词云“十年”，举成数也。（清王文诰《苏诗总案》）

南歌子 湖州作

山雨萧萧过，溪风浏浏清。小园幽榭枕蘋汀，门外月华如水彩舟横。

苕岸霜花尽，江湖雪阵平。两山遥指海门青，回首水云何处觅孤城。

◎苕溪在安吉县西南七十五里，北流径长兴县东四十五里，乌程县南五十步。以其两岸多生芦苇，故曰苕溪。（宋乐史《太平寰宇记》）

◆己未（1079）五月十三日，钱氏园送刘撝赴馀姚作。（清王文诰《苏诗总案》）

又 送行甫赴馀姚

日出西山雨，无晴又有晴。乱山深处过清明，不见彩绳花板细腰轻。

尽日行桑野，无人与目成。且将新句琢琼英，我是世间闲客此闲行。

◎东边日出西边雨，道是无晴还有晴。（唐刘禹锡

《竹枝》）

◎彩绳花板：秋千戏也。

◎景物登临闲始见，愿为闲客此闲行。（唐杜牧《八月十二日得替后移居霅溪馆因题长句四韵》）

又

雨暗初疑夜，风回便报晴。淡云斜照着山明，细草软沙溪路马蹄轻。

卯酒醒还困，仙村梦不成。蓝桥何处觅云英，只有多情流水伴人行。

◎明日早花应更好，心期同醉卯时杯。（唐白居易《蔷薇正开春酒初熟因招刘十九张大夫崔二十四同饮》）

◎唐长庆中，有裴航秀才下第游襄汉，与樊夫人同舟。樊赠诗："一饮琼浆百感生，玄霜捣尽见云英。蓝桥便是神仙宅，何必崎岖上玉京。"后经蓝桥驿，道渴，求浆，见女子云英，愿纳厚礼娶之。访得玉杵臼，更为捣药百日。仙姬迎航往一大第就礼，遂遣航将妻入玉峰洞中，饵绛雪琼英之丹，神化自在，超为上仙。（唐裴硎《传奇》）

又

带酒冲山雨，和衣睡晚晴。不知钟鼓报天明，梦里栩然胡蝶一身轻。

老去才都尽，归来计未成。求田问舍笑豪英，自爱湖边沙路免泥行。

◎睡美不闻钟鼓传。（唐杜甫《偪侧行赠毕曜》）

◎昔者庄周梦为胡蝶，栩栩然胡蝶也。自喻适志与，不知周也。俄然觉，则蘧蘧然周也。不知周之梦为胡蝶与，胡蝶之梦为周与？周与胡蝶则必有分矣，此之谓物化。（《庄子·齐物论》）

◎老去才虽尽，愁来兴甚长。（唐杜甫《寄彭州高三十五使君适虢州岑二十七长史参三十韵》）

◎向蜀还秦计未成。（唐郑谷《兴州江馆》）

◎求田问舍：注见本卷《水调歌头》“安石在东海”。

双荷叶

湖州贾耘老小妓名双荷叶。

双溪月，清光偏照双荷叶。双荷叶。红心未偶，绿衣偷结。

背风迎雨流珠滑，轻舟短棹先秋折。先秋折。烟鬟未上，玉杯微缺。

◎双溪：谓苕、霅二溪。

◎庐山上有三石梁，长数十丈，广不盈尺。吴猛将弟子登山，见一老公坐桂树下，以玉杯承甘露与猛，猛遍与弟子饮之。（《述异记》）

◆己未（1079）作。（宋傅藻《东坡纪年录》）

渔家傲 七夕

皎皎牵牛河汉女，盈盈临水无由语。望

断碧云空日暮。无寻处，梦回芳草生春浦。

鸟散馀花纷似雨，汀洲蘋老香风度。明月多情来照户。但揽取，清光长送人归去。

◎迢迢牵牛星，皎皎河汉女。河汉清且浅，相去复几许。盈盈一水间，脉脉不得语。(《古诗十九首》)

◎日暮碧云合，佳人殊未来。(南朝江淹《休上人怨别》)

◎鱼戏新荷动，鸟散馀花落。(南朝谢朓《游东田》)

◎照之有馀辉，揽之不盈手。(晋陆机《拟明月何皎皎》)

临江仙

龙丘子自洛之蜀，载二侍女，戎装骏马，至溪山佳处辄留数日，见者以为异人。其后十年，筑室黄冈之北，号曰静安居士，作此词赠之。

细马远驮双侍女，青巾玉带红靴。溪山好处便为家。谁知巴峡路，却见洛城花。

面旋落英飞玉蕊，人间春日初斜。十年不见紫云车。龙丘新洞府，铅鼎养丹砂。

◎吴姬十五细马驮，青黛画眉红锦靴。(唐李白《对酒》)

◎是山皆有寺，何处不为家。(唐僧可士《送僧》)

◎繁英飞面旋，艳舞起翩跹。（宋曾巩《亳州雪》）

◎七月七日夜，帝于寻真台见王母乘紫云辇来。（《汉武外传》）

◆己未（1079）八月，送御史台根勘。十二月，责授检校尚书水部员外郎，充黄州团练副使，本州安置。庚申（1080）正月，赠故人陈慥季常作。（清王文诰《苏诗总案》）

◆词句亦飘飘欲仙。（郑文焯手批《东坡乐府》）

◆东坡云：龙丘子自洛之蜀，载二侍女，戎装骏马，至溪山佳处辄留数日，见者以为异人。后十年，筑室黄冈之北，号静庵居士，作《临江仙》赠之云云。龙丘子即陈季常也。《西清诗话》云：季常自以为饱禅学，妻柳，颇悍忌，季常畏之，故东坡因诗戏之，有"忽闻河东狮子吼，拄杖落手心茫然"之句。观此，则知季常载二侍女以远游，及暮年甘于枯寂，盖有所制而然，亦可悯笑也。（宋胡仔《苕溪渔隐丛话》）

西江月 黄州中秋

世事一场大梦，人生几度新凉。夜来风叶已鸣廊，看取眉头鬓上。

酒贱常愁客少，月明多被云妨。中秋谁与共孤光，把盏凄然北望。

◆庚申（1080）八月十五日作。（清王文诰《苏诗总案》）

◆《古今词话》：东坡在黄州，中秋夜对月独酌，作《西江月》词云云。坡以谗言谪居黄州，郁郁不得志，凡赋诗缀词，必写其所怀，然一日不负朝廷。其怀君之心，末句可见矣。苕溪渔隐曰：《聚兰集》载此词，注曰“寄子由”，故后句云：“中秋谁与共孤光，把酒凄凉北望。”则兄弟之情，见于句意之间矣。疑是在钱唐作，时子由为睢阳幕客。若《词话》所云，则非也。（宋胡仔《苕溪渔隐丛话》）

定风波

十月九日，孟亨之置酒秋香亭。有双拒霜独向君猷而开，坐客喜笑，以为非使君莫可当此花，故作是篇。

两两轻红半晕腮，依依独为使君回。若道使君无此意，何为，双花不向别人开？

但看低昂烟雨里，不已，劝君休诉十分杯。更问尊前狂副使，来岁，花开时节与谁来？

◎芙蓉一名拒霜，艳如荷花。八九月始开，故名拒霜。（《本草》）

◆庚申（1080），孟亨之置酒西风亭作。（宋傅藻《东坡纪年录》）

少年游

黄之侨人郭氏，每岁正月迎紫姑神，以箕为腹，箸为口，画灰盘中为诗，敏捷立成。余往观之，神请余作《少年游》，乃以此戏之。

玉肌铅粉傲秋霜，准拟凤呼凰。伶伦不见，清香未吐，且糠粃吹扬。

到处成双君独只，空无数、烂文章。一点香檀，谁能借箸，无复似张良。

◎世有紫姑神，云是人家妾，为大妇所嫉，每以秽事相次役。正月十五日，感激而死。故世人以其日作其形，夜于厕间迎之。（南朝刘敬叔《异苑》）

◎郦食其劝汉王（刘邦）立六国后，张良从外来谒汉王，方食，曰："子房前，客有为我计挠楚权者。"具以郦生语告于子房，曰："何如？"良曰："谁为陛下画此计者？陛下事去矣。"汉王曰："何哉？"张良曰："臣请藉前箸为大王筹之。"（《史记·留侯世家》）

又 端午赠黄守徐君猷

银塘朱槛曲尘波，圆绿卷新荷。兰条荐浴，菖花酿酒，天气尚清和。

好将沉醉酬佳节，十分酒、一分歌。狱草烟深，讼庭人悄，无吝宴游过。

◎五月五，蓄兰沐浴。（《大戴礼记·夏小正》）

◎端午，以菖蒲一寸九节者泛酒，以辟瘟气。（南朝宗懔《荆楚岁时记》）

◆辛酉（1081）五月五日，过徐大受饮作。（清王文诰《苏诗总案》）

浣溪沙

十二月二日雨后微雪，太守徐君猷携酒见过，坐上作《浣溪沙》三首。明日酒醒，雪大作，又作二首。

覆块青青麦未苏，江南云叶暗随车。临皋烟景世间无。

雨脚半收檐断线，雪床初下瓦跳珠。归来冰颗乱黏须。

◎入风衣暂敛，随车盖转轻。作叶还依树，为楼欲近城。（陈蔡凝《春云》）

又

醉梦昏昏晓未苏，门前辘辘使君车。扶头一盏怎生无？

废圃寒蔬挑翠羽，小槽春酒滴真珠。清香细细嚼梅须。

◎一榼扶头酒，泓澄泻玉壶。十分蘸甲酌，潋滟满银盂。（唐白居易《早饮湖州酒寄崔使君》）

◎琉璃钟，琥珀秾，小槽酒滴真珠浓。（唐李贺《将进酒》）

又

雪里餐毡例姓苏，使君载酒为回车。天寒酒色转头无。

荐士已闻飞鹗表，报恩应不用蛇珠。醉中还许揽桓须。

◎（苏）武使匈奴，胁使降，武不可。匈奴乃幽武，置大窖中，绝其饮食。天雨雪，武卧啮雪，与毡毛并咽之，数日不死。匈奴以为神。徙武北海上，使牧羝，羝乳乃得归。（《汉书·苏武传》）

◎鸷鸟累百，不如一鹗。（汉孔融《荐祢衡表》）

◎隋侯见大蛇伤断，以药傅而涂之。后蛇于夜中衔大珠以报之，因曰隋侯之珠。（《淮南子》高诱注）

◎谢安女婿王国宝专利无检行，安恶其为人，每抑制之。及孝武末年，嗜酒好内，而会稽王道子昏醟尤甚，惟狎昵谄邪，于是国宝谗谀之计，稍行于主相之间。而好利险诐之徒，以安功名盛极而构会之，嫌隙遂成。帝召伊饮燕，安侍坐。帝命伊吹笛，伊神色无迕，即吹为一弄。乃放笛云："臣于筝，分乃不及笛，然自足以韵合歌管，请以筝歌，并请一吹笛人。"帝善其调达，乃敕御妓奏笛。伊又云："御府人于臣必自不合。臣有一奴，善相便串。"帝弥赏其放率，乃许召之。奴既吹笛，伊便抚筝而歌怨诗曰："为君既不易，为臣良独难。忠信事不显，乃有见疑患。周旦佐文武，《金縢》功不刊。推心辅王政，二叔反流言。"声节慷慨，俯仰可观。安泣下沾衿，乃越席而就之，捋其须曰："使君于此不凡。"帝甚有愧色。（《晋书·桓伊传》）

◆辛酉（1081），微雪作。（宋傅藻《东坡纪年录》）

又

半夜银山上积苏，朝来九陌带随车。涛江烟渚一时无。

空腹有诗衣有结，湿薪如桂米如珠。冻吟谁伴捻髭须。

◎穆王游化人之宫，实以为清都紫微，钧天广乐，帝之所居。王俯而视之，其宫榭若累瑰积苏焉。（《列子·周穆王》）

◎随车翻缟带，逐马散银杯。（唐韩愈《咏雪赠张籍》）

◎董京能诗，逍遥吟咏，常宿白社中。时丐于市，得残碎缯絮，结以自覆，全帛佳绵，则不肯受。（《晋书·隐逸传》）

◎苏秦谓楚王曰："楚国食贵于玉，薪贵于桂。"（《战国策·楚策》）

又

万顷风涛不记苏，雪晴江上麦千车。但令人饱我愁无。

翠袖倚风萦柳絮，绛唇得酒烂樱珠。尊前呵手镊霜须。

◎翠袖低徊真蹀躞，朱唇得酒假樱桃。（唐方干《赠美人四首》）

◆辛酉（1081）大雪，又作。（宋傅藻《东坡纪年录》）

江城子

大雪，有怀朱康叔使君，亦知使君之念我也，作此以寄之。

黄昏犹是雨纤纤。晓开帘，欲平檐。江阔天低，无处认青帘。孤坐冻吟谁伴我，揩病目，捻衰髯。

使君留客醉厌厌。水晶盐，为谁甜。手把梅花，东望忆陶潜。雪似故人人似雪，虽可爱，有人嫌。

◎白鸟窥鱼网，青帘认酒家。（唐郑谷《旅寓洛南村舍》）

◎厌厌夜饮，不醉无归。（《诗经·小雅·湛露》）

◎帝语至中夜，赐浩缥醪酒十斛，水晶戎盐一两，曰："朕味卿言，若此盐酒，故与卿同其味也。"（《北史·崔浩传》）

◆辛酉（1081）十二月，雪中有怀朱寿昌作。（清王文诰《苏诗总案》）

满江红 寄鄂州朱使君寿昌

江汉西来，高楼下、蒲萄深碧。犹自带、岷峨雪浪，锦江春色。君是南山遗爱守，我为剑外思归客。对此间、风物岂无情，殷勤说。

《江表传》，君休读。狂处士，真堪惜。空洲对鹦鹉，苇花萧瑟。独笑书生争底事，曹公黄祖俱飘忽。愿使君、还赋谪仙诗，追黄鹤。

◎江带岷峨雪，川横山峡流。（唐李白《经乱离后天恩流夜郎忆旧游书怀赠江夏韦太守良宰》）

◎《江表传》：《江表传》载江左吴时事，多见汉末群雄角逐之义，《三国志》每引以为证也。

◎祢衡字正平，平原般人。少有才辩，而气尚刚傲，好矫时慢物。孔融既爱衡才，数称述于曹操，操喜，敕门者有客便通，待之极晏。衡乃着布单衣疏巾，手持三尺棁杖，坐大营门，以杖棰地大骂。吏白："外有狂生，坐于营门，言语悖逆，请收案罪。”操怒，谓融曰：“祢衡竖子，孤杀之犹鼠雀耳。顾此人素有虚名，远近将谓孤不能容之。今送与刘表，视当何如。”于是遣人骑送之。表及荆州士大夫先服其才名，甚宾礼之。后复侮慢于表，表耻不能容，以江夏太守黄祖性急，故送衡与之。祖亦善待焉。衡为作书记，轻重疏密，各得体宜。祖持其手曰：“处士，此正得祖意，如祖腹中之所欲言也。”后黄祖在蒙冲船上大会宾客，而衡言不逊顺。祖惭，乃诃之。衡更熟视曰：“死公，云等道？”祖大怒，令五百将出，欲加棰，衡方大骂。祖恚，遂令杀之。（《后汉书·文苑传》）

◎鹦鹉洲：祢衡死，埋于沙洲之上，后人因号其洲曰鹦鹉洲，以衡尝为《鹦鹉赋》故也。

◎晴川历历汉阳树，芳草萋萋鹦鹉洲。（唐崔灏《黄鹤楼》）

◎鹦鹉洲在江夏县西南二里。（《一统志》）

◎李太白初自蜀至京师，舍于逆旅。贺监知章闻其名，首访之。既奇其姿，复请所为文，出《蜀道难》以示之。读未竟，称叹者数四，号为谪仙。解金龟换酒，与倾尽醉，期不间日。由是称誉光赫。（唐孟棨《本事诗·高逸》）

苏轼词集卷二

水龙吟

闾丘大夫孝终公显尝守黄州，作栖霞楼，为郡中绝胜。元丰五年，余谪居黄，正月十七日，梦扁舟渡江，中流回望，楼中歌乐杂作，舟中人言公显方会客也。觉而异之，乃作此曲，盖越调《鼓笛慢》。公显时已致仕，在苏州。

小舟横截春江，卧看翠壁红楼起。云间笑语，使君高会，佳人半醉。危柱哀弦，艳歌馀响，绕云萦水。念故人老大，风流未减，空回首，烟波里。

推枕惘然不见，但空江、月明千里。五湖闻道，扁舟归去，仍携西子。云梦南州，武昌东岸，昔游应记。料多情梦里，端来见我，也参差是。

◎《水龙吟》，姜夔词注无射商，俗名越调。吕渭老词名《鼓笛慢》。（《钦定词谱》）

◎薛谭学讴于秦青，未穷青之技，自谓尽之，遂辞归。秦青弗止，饯于郊衢，抚节悲歌，声振林木，响遏行云。薛谭乃谢求反，终身不敢言归。（《列子·汤问》）

◎五湖三句：注见卷一《菩萨蛮》“玉童西迓浮丘伯”。

◆壬戌（1082）作。（宋傅藻《东坡纪年录》）

◆突兀而起，仙乎，仙乎！“翠壁”句，奇崭不露雕琢痕。上阕全写梦境，空灵中杂以凄丽。过片始言情，有沧波浩渺之致。真高格也。“云梦”二句，妙能写闲中情景。煞拍不说梦，偏说梦来见我，正是词笔高浑不犹人处。读东坡先生词，于气韵格律，并有悟到，空灵妙境，匪可以词家目之，亦不得不目为词家。世每谓其以诗入词，岂知言哉？董文敏论画曰：同能不如独诣。吾于坡仙词亦云。（郑文焯手批《东坡乐府》）

江城子

陶渊明以正月五日游斜川，临流班坐，顾瞻南阜，爱曾城之独秀，乃作《斜川诗》，至今使人想见其处。元丰壬戌之春，余躬耕于东坡，筑雪堂居之。南挹四望亭之后丘，西控北山之微泉。慨然而叹，此亦斜川之游也。乃作长短句，以《江城子》歌之。

梦中了了醉中醒。只渊明，是前生。走遍人间，依旧却躬耕。昨夜东坡春雨足，乌鹊喜，报新晴。

雪堂西畔暗泉鸣。北山倾，小溪横。南望亭丘，孤秀耸曾城。都是斜川当日境，吾老矣，寄馀龄。

◎吾其寄馀龄。（唐韩愈《过南阳》）

◆壬戌（1082）二月作。（清王文诰《苏诗总案》）

定风波

三月七日，沙湖道中遇雨，雨具先去，同行皆狼狈，余独不觉。已而遂晴，故作此。

莫听穿林打叶声，何妨吟啸且徐行。竹杖芒鞋轻胜马，谁怕？一蓑烟雨任平生。

料峭春风吹酒醒，微冷，山头斜照却相迎。回首向来萧瑟处，归去，也无风雨也无晴。

◎登山临水，啸咏自若。（《晋书·阮籍传》）

◆壬戌（1082），相田至沙湖，道中遇雨作。（清王文诰《苏诗总案》）

◆此足征是翁坦荡之怀，任天而动。句亦瘦逸，能道

眼前景，以曲笔直写胸臆，倚声能事尽之矣。（郑文焯手批《东坡乐府》）

浣溪沙

游蕲水清泉寺。寺临兰溪，溪水西流。

山下兰芽短浸溪，松间沙路净无泥。萧萧暮雨子规啼。

谁道人生无再少，门前流水尚能西。休将白发唱黄鸡。

◎淮南蕲春郡，领县四。其一蕲水，在州西北，本汉蕲春县地，唐武德四年，改曰兰溪，天宝中，改蕲水。（宋乐史《太平寰宇记》）

◎花有重开日，人无再少年。（《古诗》）

◎罢胡琴，掩秦瑟，玲珑再拜歌初毕。谁道使君不解歌，听唱黄鸡与白日。黄鸡催晓丑时鸣，白日催年酉前没。腰间红绶系未稳，镜里朱颜看已失。玲珑玲珑奈老何，使君歌了汝更歌。（唐白居易《醉歌示妓人商玲珑》）

◆壬戌（1082）三月，与庞医游清泉寺，饮王羲之洗笔泉，徜徉兰溪之上作。（清王文诰《苏诗总案》）

西江月

顷在黄州，春夜行蕲水中，过酒家，饮酒醉。乘月至一溪桥上，解鞍，曲肱醉卧少休。及觉已晓，乱山攒拥，流水锵然，疑非尘世也。书此语桥柱上。

照野弥弥浅浪，横空隐隐层霄。障泥未解玉骢骄，我欲醉眠芳草。

可惜一溪风月，莫教踏碎琼瑶。解鞍攲枕绿杨桥，杜宇一声春晓。

◎王济善解马性，常乘一马，着连干障泥，前有一水，终不肯渡。济曰："此必是惜障泥。"使人解去，便渡。故当时谓济有马癖。（《晋书·王济传》）

◆壬戌（1082）三月作。（《苏轼年谱》）

满江红

董毅夫名钺，自梓漕得罪，罢官东川。归鄱阳，过东坡于齐安。怪其丰暇自得，余问之，曰："吾再娶柳氏，三日而去官。吾固不戚戚，而忧柳氏不能忘怀于进退也。已而欣然，同忧患若处富贵，吾是以益安焉。"命其侍儿歌其所作《满江红》。嗟叹之不足，乃次其韵。

忧喜相寻，风雨过、一江春绿。巫峡梦、至今空有，乱山屏簇。何似伯鸾携德耀，箪瓢未足清欢足。渐粲然、光彩照阶庭，生兰玉。

幽梦里，传心曲。肠断处，凭他续。文君婿知否，笑君卑辱。君不见《周南》

歌《汉广》，天教夫子休乔木。便相将、左手抱琴书，云间宿。

◎梁鸿字伯鸾，扶风平陵人。邻里势家慕其高节，多欲女之，鸿并绝不娶。同县孟氏有女，状肥丑而黑，力举石臼，择对不嫁，至年三十。父母问其故，女曰：“欲得贤如梁伯鸾者。”鸿闻而聘之。女求作布衣麻屦，织作筐缉绩之具。及嫁，始以装饰入门，七日而鸿不答。妻乃跪床下，请曰：“窃闻夫子高义，简斥数妇，妾亦偃蹇数夫矣。今而见择，敢不请罪。”鸿曰：“吾欲裘褐之人，可与俱隐深山者尔。今又衣绮缟，傅粉墨，岂鸿所愿哉？”妻曰：“以观夫子之志耳。妾自有隐居之服。”乃更为椎髻，着布衣，操作而前。鸿大喜曰：“此真梁鸿妻也，能奉我矣。”字之曰德曜，名孟光。居有顷，妻曰：“常闻夫子欲隐居避患，今何为默默，无乃欲低头就之乎？”鸿曰：“诺。”乃共入霸陵山中，以耕织为业，咏诗书，弹琴以自娱。东出关，过京师，作《五噫》之歌。肃宗闻而非之，求鸿不得。乃易姓名，遂至吴，依大家皋伯通，居庑下，为人赁舂。每归，妻为具食，不敢于鸿前仰视，举案齐眉。伯通察而异之，曰：“彼佣能使其妻敬之如此，非凡人也。”乃方舍之于家。（《后汉书·逸民传》）

◎一箪食，一瓢饮，在陋巷，人不堪其忧，回也不改其乐。贤哉回也。（《论语·雍也》）

◎（谢）安尝戒约子侄，因曰：“子弟亦何豫人家事，而正欲使其佳？”诸人莫有言者。谢玄答曰：“譬如芝兰玉树，欲使其生于庭阶耳。”安大悦。（《晋书·谢安传》）

◎南有乔木，不可休思。汉有游女，不可求思。（《诗经·周南·汉广》）

◎左手引妻子，右手抱琴书，终老于斯，以成就平生之志。清泉白石，实闻斯言。（唐白居易《庐山草堂记》）

◆壬戌（1082）三月，和董钺。（清王文诰《苏诗总案》）

◆东坡为董毅夫作长短句："文君婿知否，笑君卑辱。"奇语也。文君婿犹虞姬婿云。今刻本者不知有自，改"文君细知否"，可笑耳。（宋邵博《邵氏闻见后录》）

哨遍

陶渊明赋《归去来》，有其词而无其声。余既治东坡，筑雪堂于上，人俱笑其陋，独鄱阳董毅夫过而悦之，有卜邻之意。乃取《归去来词》，稍加檃括，使就声律，以遗毅夫。使家僮歌之，时相从于东坡，释耒而和之，扣牛角而为之节，不亦乐乎？

为米折腰，因酒弃家，口体交相累。归去来，谁不遣君归？觉从前皆非今是。露未晞，征夫指余归路，门前笑语喧童稚。嗟旧菊都荒，新松暗老，吾年今已如此。但小窗容膝闭柴扉，策杖看孤云暮鸿飞。云出无心，鸟倦知还，本非有意。

噫！归去来兮，我今忘我兼忘世。亲戚无浪语，琴书中有真味。步翠麓崎岖，泛溪窈窕，涓涓暗谷流春水。观草木欣荣，幽人自感，吾生行且休矣。念寓形宇内复几时，不自觉皇皇欲何之。委吾心、去留谁计？神仙知在何处，富贵非吾志。但知临水登山啸咏，自引壶觞自醉。此生天命更何疑，且乘流、遇坎还止。

◎乘流则逝兮，遇坎则止。（汉贾谊《鵩鸟赋》）

◆壬戌（1082）春，以渊明《归去来辞》檃括为《哨遍》。（宋傅藻《东坡纪年录》）

渔家傲 赠曹光州

些小白须何用染，几人得见星星点。作郡浮光虽似箭。君莫厌，也应胜我三年贬。

我欲自嗟还不敢，向来三郡宁非忝。婚嫁事稀年冉冉。知有渐，千钧重担从头减。

◎近来时世轻前辈，好染髭须事后生。（唐刘禹锡《与歌者米嘉荣》）

◆壬戌（1082）六月，曹焕来谒。为《渔家傲》，使焕寄其父九章。（清王文诰《苏诗总案》）

定风波

元丰五年七月六日，王文甫家饮酿白酒，大醉。集古句作墨竹词。

雨洗娟娟嫩叶光，风吹细细绿筠香。秀色乱侵书帙晚，帘卷，清阴微过酒尊凉。

人画竹身肥拥肿，何用？先生落笔胜萧郎。记得小轩岑寂夜，廊下，月和疏影上东墙。

◎绿竹半含箨，新梢才出墙。色侵书帙晚，阴过酒尊凉。雨洗娟娟静，风吹细细香。但令无剪伐，会见拂云长。（唐杜甫《严郑公咏竹》）

◎萧郎：唐协律郎萧悦善画竹，举世无伦。白乐天尝为《画竹歌》曰："萧郎下笔独逼真，丹青已来惟一人。人画竹身肥拥肿，萧画茎瘦节节竦。"

◆壬戌（1082）作。（宋傅藻《东坡纪年录》）

洞仙歌

余七岁时，见眉山老尼，姓朱，忘其名，年九十岁。自言尝随其师入蜀主孟昶宫中。一日大热，蜀主与花蕊夫人夜纳凉摩诃池上，作一词，朱具能记之。今四十年，朱已死久矣，人无知此词者。但记其首两句，暇日寻味，岂《洞仙歌令》乎？乃为足之云。

冰肌玉骨，自清凉无汗。水殿风来暗香满。绣帘开、一点明月窥人，人未寝，攲枕钗横鬓乱。

《洞仙歌》（冰肌玉骨）词意图

起来携素手，庭户无声，时见疏星渡河汉。试问夜如何？夜已三更，金波淡、玉绳低转。但屈指西风几时来，又不道流年，暗中偷换。

◎徐匡璋纳女于孟昶，拜贵妃，别号花蕊夫人，意花不足拟其色，似花蕊翾轻也。又升号慧妃，如其性也。王师下蜀，太祖闻其名，命别护送。陈无己云姓费，误矣。（宋吴曾《能改斋漫录》）

◎玉衡北两星为玉绳。（《春秋元命苞》）

◆东坡作长短句《洞仙歌》，所谓“冰肌玉骨，自清凉无汗”者，公自叙云：予幼时见一老人，年九十馀，能言孟蜀主时事，云“蜀主尝与花蕊夫人夜起，纳凉于摩诃池上，作《洞仙歌令》”。老人能歌之。予今但记其首两句，乃为足之。近见李公彦《季成诗话》，乃云：“杨元素作《本事》记《洞仙歌》：‘冰肌玉骨，自清凉无汗。’钱塘有老尼能诵后主诗首章两句，后人为足其意，以填此词。”其说不同。予友陈兴祖德昭云：“顷见一诗话，亦题云李季成作。乃全载孟蜀主一诗：‘冰肌玉骨清无汗，水殿风来暗香满。帘间明月独窥人，攲枕钗横云鬓乱。三更庭院悄无声，时见疏星渡河汉。屈指西风几时来，只恐流年暗中换。’云：‘东坡少年遇美人，喜《洞仙歌》，又邂逅处景色暗相似，故檃括稍协律以赠之也。’予以谓此说乃近之。”据此，乃诗耳，而东坡自序乃云《洞仙歌令》，盖公以此叙自晦耳。《洞仙歌》腔出近世，五代及国初未之有也。（宋张邦基《墨庄漫录》）

◆《漫叟诗话》云，杨元素作《本事曲》，记《洞仙歌》云云。钱塘有老尼，能诵后主诗首章两句，后人为足其意，以填此词。余尝见一士人诵全篇云："冰肌玉骨清无汗，水殿风来暗香满。帘开明月独窥人，攲枕钗横云鬓乱。起来琼户启无声，时见疏星渡河汉。屈指西风几时来，只恐流年暗中换。"又东坡《洞仙歌》序云云。苕溪渔隐曰：《漫叟诗话》所载《本事曲》云钱塘一老尼，能诵后主诗首章两句，与东坡《洞仙歌》序全然不同，当以序为正也。（宋胡仔《苕溪渔隐丛话》）

◆子瞻佳词最多，其间杰出者，如……"冰肌玉骨，自清凉无汗"。夏夜词（略）凡此十馀词，皆绝去笔墨畦径间，直造古人不到处，真可使人一唱而三叹。（宋胡仔《苕溪渔隐丛话》）

◆蜀主孟昶令罗城上尽种芙蓉，盛开四十里。语左右曰："古以蜀为锦城，今观之，真锦城也。"尝夜同花蕊夫人避暑摩诃池上，作《玉楼春》词云："冰肌玉骨清无汗，水殿风来暗香满。绣帘一点月窥人，攲枕钗横云鬓乱。起来琼户启无声，时见疏星渡河汉。屈指西风几时来，只恐流年暗中换。"（《温叟诗话》）

◆孟蜀主水殿诗，东坡续为长短句。一云昶与花蕊夫人避暑摩诃池上所咏《玉楼春》词也。一云东坡少年遇美人，喜《洞仙歌》，又邂逅处景色暗相似，故檃括稍协律以赠之也。然考东坡《洞仙歌》序云云，惟朱尼作宋尼，与诸本异。（宋姚宽《西溪丛话》）

◆词以意趣为主，要不蹈袭前人语意。如：……夏夜《洞仙歌》云：（略）。此数词皆清空中有意趣，无笔力者未易到。（宋张炎《词源》）

◆杜诗“关山同一点”，“点”字绝妙。东坡亦极爱之，作《洞仙歌》云：“一点明月窥人。”用其语也。（明杨慎《词品》）

◆东坡墨迹行书《洞仙歌》词一首，字如当三钱大，丰茂多姿，全法徐季海。此词首语“冰肌玉骨，自清凉无汗”，旧传蜀花蕊夫人句，后皆坡翁续成之，豪华婉逸，如出一手，亦公自所得意者。染翰洒洒，想见其轩渠满志也。（明李日华《味水轩日记》）

◆坡老改添此词数字，诚觉气象万千，其声亦如空山鸣泉，琴筑竞奏。（郑文焯手批《东坡乐府》）

念奴娇 赤壁怀古

大江东去，浪淘尽、千古风流人物。故垒西边，人道是、三国周郎赤壁。乱石崩云，惊涛裂岸，卷起千堆雪。江山如画，一时多少豪杰。

遥想公瑾当年，小乔初嫁了，雄姿英发。羽扇纶巾，谈笑间、强虏灰飞烟灭。故国神游，多情应笑我，早生华发。人间如梦，一尊还酹江月。

◆壬戌（1082）七月作。（宋傅藻《东坡纪年录》）

◆东坡在玉堂日，有幕士善歌，因问：“我词何如柳七？”对曰：“柳郎中词，只合十七八女郎，执红牙板，歌

《念奴娇》（大江东去）词意图

'杨柳岸、晓风残月'。学士词须关西大汉，铜琵琶，铁绰板，唱'大江东去'。"东坡为之绝倒。（宋俞文豹《吹剑录》）

◆昔人谓铜将军，铁绰板，唱苏学士"大江东去"，十八九岁好女子，唱柳屯田"杨柳岸晓风残月"，为词家三昧。然学士此词，亦自雄壮，感慨千古，果令铜将军于大江奏之，必能使江波鼎沸。至咏杨花《水龙吟慢》，又进柳妙处一层矣。（明王世贞《艺苑卮言》）

又 中秋

凭高眺远，见长空万里，云无留迹。桂魄飞来光射处，冷浸一天秋碧。玉宇琼楼，乘鸾来去，人在清凉国。江山如画，望中烟树历历。

我醉拍手狂歌，举杯邀月，对影成三客。起舞徘徊风露下，今夕不知何夕。便欲乘风，翻然归去，何用骑鹏翼。水晶宫里，一声吹断横笛。

◎开元中，明皇与申天师游月中，见素娥十馀人，皓衣，乘白鸾，笑舞于广庭大桂树下，乐音嘈杂清丽。明皇归，制《霓裳羽衣曲》。（《异闻录》）

◎举杯邀明月，对影成三人。（唐李白《月下独酌》）

◎鹏之背，不知其几千里也，怒而飞，其翼若垂天之云。（《庄子·逍遥游》）

◆壬戌（1082）八月十五日作。（清王文诰《苏诗总案》）

南乡子

重九涵辉楼呈徐君猷。

霜降水痕收，浅碧鳞鳞露远洲。酒力渐消风力软，飕飕。破帽多情却恋头。

佳节若为酬，但把清尊断送秋。万事到头都是梦，休休。明日黄花蝶也愁。

◆壬戌（1082）作。（宋傅藻《东坡纪年录》）

◆从来九日用落帽事，东坡独云“破帽多情却恋头”，语为奇特，不知东坡用杜子美诗：“羞将短发还吹帽，笑倩旁人为整冠。”（宋胡舜陟《三山老人语录》）

临江仙夜归临皋

夜饮东坡醒复醉，归来仿佛三更。家童鼻息已雷鸣。敲门都不应，倚杖听江声。

长恨此身非我有，何时忘却营营。夜阑风静縠纹平。小舟从此逝，江海寄馀生。

◎舜问乎丞曰：“道可得而有乎？”曰：“汝身非汝有也，女何得有夫道？”舜曰：“吾身非吾有也，孰有之

《南乡子》（霜降水痕收）词意图

哉？”曰：“是天地之委形也。”（《庄子·知北游》）

◎无使汝思虑营营。（《庄子·庚桑楚》）

◎寸心仍有适，江海一扁舟。（唐高适《奉酬睢阳李太守》）

◆壬戌（1082）九月，雪堂夜饮，醉归临皋作。（清王文诰《苏诗总案》）

◆子瞻在黄州，与数客饮江上。夜归，江面际天，风露浩然，有当其意，乃作歌词，所谓“小舟从此逝，江海寄馀生”者，与客大歌数过而散。翼日喧传子瞻夜作此词，挂冠服江边，拏舟长啸去矣。郡守徐君猷闻之惊且惧，以为州失罪人，急命驾往谒，则子瞻鼻鼾如雷，犹未兴也。然此语卒传至京师，裕陵亦闻而疑之。（宋叶梦得《避暑录话》）

减字木兰花

赠徐君猷三侍人，一妩卿。

娇多媚杀，体柳轻盈千万态。殢主尤宾，敛黛含颦喜又瞋。

徐君乐饮，笑谑从伊情意恁。脸嫩肤红，花倚朱阑裹住风。

又胜之

双鬟绿坠，娇眼横波眉黛翠。妙舞蹁跹，掌上身轻意态妍。

曲穷力困，笑倚人旁香喘喷。老大逢欢，昏眼犹能子细看。

◎飞燕体轻，能为掌上舞。（《赵飞燕外传》）

又 庆姬

天真雅丽，容态温柔心性慧。响亮歌喉，遏住行云翠不收。

妙词佳曲，啭出新声能断续。重客多情，满劝金卮玉手擎。

◎遏云：注见本卷《水龙吟》“小舟横截春江”。

◆壬戌（1082）十二月，张商英过黄州，会于徐大受席上作。（清王文诰《苏诗总案》）

又 赠君猷家姬

柔和性气，雅称佳名呼懿懿。解舞能讴，绝妙年中有品流。

眉长眼细，淡淡梳妆新绾髻。懊恼风情，春着花枝百态生。

又 赠胜之

天然宅院，赛了千千并万万。说与贤

知，表德元来是胜之。

今来十四，海里猴儿奴子是。要赌休痴，六只骰儿六点儿。

◎闲草甚多，丛者束兮，靡者杳兮。仰风猎日，如立如笑兮，千千万万之容兮，不可得而状也。（唐杜牧《晚晴赋》）

◎海猴儿：言好孩儿也。

西江月

送建溪双井茶、谷帘泉与胜之。徐君猷家后房，甚慧丽，自陈叙本贵种也。

龙焙今年绝品，谷帘自古珍泉。雪芽双井散神仙，苗裔来从北苑。

汤发云腴酽白，盏浮花乳轻圆。人间谁敢更争妍，斗取红窗粉面。

◎建宁府建安县，有北苑茶龙焙监库，及石舍、永兴、丁地三银场。（《宋史·地理志》）

◎陆羽第水高下，有二十品，庐山谷帘水居第一。（唐陆羽《茶经》）

◎北苑茶正所产为曾坑，谓之正焙，非曾坑为沙溪，谓之外焙。二地相去不远，而茶种悬绝。沙溪色白过于曾坑，但味短而微涩，识茶者一啜，如别泾渭也。（宋叶梦

得《避暑录话》）

◎枉压云腴为酪奴。（唐陆龟蒙《茶》）

菩萨蛮 赠徐君猷笙妓

碧纱微露纤掺玉，朱唇渐暖参差竹。越调变新声，龙吟彻骨清。

夜阑残酒醒，惟觉霜袍冷。不见敛眉人，胭脂觅旧痕。

◎筠管参差排风翅，月堂凄戚胜龙吟。最宜稍动纤纤玉，醉送当歌滟滟春。（唐罗邺《笙》）

醉翁操

琅琊幽谷，山川奇丽，泉鸣空涧，若中音会。醉翁喜之，把酒临听，辄欣然忘归。既去十馀年，而好奇之士沈遵闻之往游，以琴写其声，曰《醉翁操》。节奏疏宕而音指华畅，知琴者以为绝伦。然有其声而无其辞，翁虽为作歌，而与琴声不合。又依《楚词》作《醉翁引》，好事者亦倚其辞以制曲，虽粗合韵度，而琴声为词所绳约，非天成也。后三十馀年，翁既捐馆舍，遵亦没久矣。有庐山玉涧道人崔闲，特妙于琴，恨此曲之无词，乃谱其声，而请东坡居士以补之云。

琅然，清圜，谁弹？响空山，无言，惟翁醉中知其天。月明风露娟娟，人未眠。荷蒉过山前，曰有心也哉此贤。

醉翁啸咏，声和流泉。醉翁去后，空有朝吟夜怨。山有时而童巅，水有时而回川，思翁无岁年。翁今为飞仙，此意在人间，试听徽外三两弦。

◎环滁皆山也。其西南诸峰，林壑尤美，望之蔚然而深秀者，琅琊也。（宋欧阳修《醉翁亭记》）

◎余作醉翁亭于滁州，太常博士沈遵，好奇之士也，闻而往游焉。爱其山水，归而以琴写之，作《醉翁吟》三叠。去年秋，余奉使契丹，沈君会余恩、冀之间。夜阑酒半，援琴而作之，有其声而无其辞，乃为之辞以赠之。其辞曰云云。（宋欧阳修《醉翁吟》）

◎子击磬于卫，有荷蒉而过孔氏之门者，曰："有心哉，击磬乎！"既而曰："鄙哉，硁硁乎！莫己知也，斯已而已矣。深则厉，浅则揭。"子曰："果哉，末之难矣。"（《论语·宪问》）

◎山无草木曰童，若童子未冠然。（《释名》）

◆壬戌（1082），为崔闲作。（清王文诰《苏诗总案》）

◆人谓东坡作此文，因难以见巧，故极工。余则以为不然。彼其老于文章，故落笔皆超逸绝尘耳。（宋黄庭坚《跋子瞻醉翁操》）

◆庆历中，欧阳文忠公谪守滁州。有琅琊幽谷，山川奇丽，鸣泉飞瀑，声若环佩，公临听忘归。僧智仙作亭其上，公刻石为记，以遗州人。既去十年，太常博士沈遵，好奇之士，闻而往游。爱其山水秀绝，以琴写其声，为《醉翁吟》，盖宫声三叠。后会公河朔，遵援琴作之，公歌以遗遵，并为《醉翁引》以叙其事。然调不主声，为知琴者所惜。后三十馀年，公薨，遵亦殁。其后庐山道人崔闲，遵客也，妙于琴理，常恨此曲无词，乃谱其声，请于东坡居士子瞻，以补其阙。然后声词皆备，遂为琴中绝妙，好事者争传。词不具录，“惟翁醉中”作“惟有醉翁”，“此贤”作“此弦”，下注“第二叠泛声同此”七字，“童巅”作“同巅”，“回川”作“回渊”。方其补词，闲为弦其声，居士倚为词，顷刻而就，无所点窜。遵之子为比丘，号本觉真禅师，居士书以与之云：二水同器，有不相入；二琴同手，有不相应。沈君信手弹琴而与泉合，居士纵笔作词而与琴会，此必有真同者矣。（宋王辟之《渑水燕谈录》）

◆读此词，髯苏之深于律可知。（郑文焯手批《东坡乐府》）

卜算子 黄州定慧院寓居作

缺月挂疏桐，漏断人初静。谁见幽人独往来，缥缈孤鸿影。

惊起却回头，有恨无人省。拣尽寒枝不肯栖，寂寞沙洲冷。

◆壬戌（1082）十二月作。（清王文诰《苏诗总案》）

◆东坡雁词云“拣尽寒枝不肯栖”，以其不栖木，故云尔。盖激诡之致，词人正贵其如此，而或者以为语病，是

《卜算子》（缺月挂疏桐）词意图

尚可与言哉？近日张吉甫复以“鸿渐于木”为辨，而怪昔人之寡闻，此益可笑。易象之言，不当援引为证也。其实雁何尝栖木哉？（元王若虚《滹南遗老集诗话》）

◆东坡道人在黄州时作，语意高妙，似非吃烟火食人语。非胸中有万卷书，笔下无一点尘俗气，孰能至此？（宋黄庭坚《跋东坡乐府》）

◆此东坡在黄州时作。鲖阳居士云：缺月，刺明微也。漏断，暗时也。幽人，不得志也。独往来，无助也。惊鸿，贤人不安也。回头，爱君不忘也。无人省，君不察也。拣尽寒枝不肯栖，不偷安于高位也。寂寞沙洲冷，非所安也。此词与《考槃》诗极相似。（清张惠言《词选》）

◆以《考槃》为比，其言非河汉也。此亦鄙人所谓作者未必然，读者何必不然。（清谭献《复堂词话》）

◆此亦有所感触，不必附会温都监女故事，自成馨逸。（郑文焯手批《东坡乐府》）

◆东坡先生谪居黄州，作《卜算子》云云，“漏断”作“梦断”，其属意盖为王氏女子也，读者不能解。张右史文潜继贬黄州，访潘邠老，尝得其详，题诗以志之：“空江月明鱼龙眠，月中孤鸿影翩翩。有人清吟立江边，葛巾藜杖眼窥天。夜冷月堕幽虫泣，鸿影翘沙衣露湿。仙人采诗作步虚，玉皇饮之碧琳腴。”（宋吴曾《能改斋漫录》）

◆《女红馀志》云，惠州温氏女超超，年及笄，不肯字人。闻东坡至，喜曰：“我婿也。”日徘徊窗外，听公吟咏，觉则亟去。东坡知之，乃曰：“吾将呼王郎与子为姻。”及东坡渡海归，超超已卒，葬于沙际。公因作《卜算子》词，有“拣尽寒枝不肯栖”之句。按词为咏雁，当别有寄托，何得以俗情傅会也。（清沈雄《古今词话》）

◆东坡《贺新郎》词“乳燕飞华屋”云云，后段“石榴半吐红巾蹙”以下皆咏榴，《卜算子》“缺月挂疏桐”云云，“缥缈孤鸿影”以下皆说鸿，别一格也。（元吴师道《吴礼部诗话》）

满庭芳

有王长官者，弃官黄州，三十三年，黄人谓之王先生。因送陈慥来过余，因为赋此。

三十三年，今谁存者？算只君与长江。凛然苍桧，霜干苦难双。闻道司州古县，云溪上、竹坞松窗。江南岸，不因送子，宁肯过吾邦。

摐摐，疏雨过，风林舞破，烟盖云幢。愿持此邀君，一饮空缸。居士先生老矣，真梦里、相对残釭。歌声断，行人未起，船鼓已逢逢。

◎摐，撞也。（《博雅》）

◆癸亥（1083）五月，陈慥报荆南庄田，同王长官来作。（清王文诰《苏诗总案》）

◆健句入词更奇峰，此境匪稼轩所能梦到。不事雕凿，字字苍寒，如空岩霜干，天风吹堕颇黎地上，铿然作碎玉声。（郑文焯手批《东坡乐府》）

水调歌头

黄州快哉亭赠张偓佺。

落日绣帘卷，亭下水连空。知君为我新作，窗户湿青红。长记平山堂上，攲枕江南烟雨，渺渺没孤鸿。认得醉翁语，山色有无中。

一千顷，都镜净，倒碧峰。忽然浪起，掀舞一叶白头翁。堪笑兰台公子，未解庄生天籁，刚道有雌雄。一点浩然气，千里快哉风。

◎平山栏槛倚晴空，山色有无中。（宋欧阳修《醉偎香》）

◎楚襄王游于兰台之宫，宋玉、景差侍。有风飒然而至，王乃披襟而当之，曰："快哉此风，寡人所与庶人共者邪？"宋玉对曰："此独大王之风耳，庶人安得而共之。"又："清凉雄风，清清泠泠，愈病析酲，发明耳目，宁体便人。此所谓大王之雄风也。庶人之风，中心惨怛，生病造热，中唇为胗，得目为蔑，啗齰嗽获，死生不卒。此所谓庶人之雌风也。"（战国宋玉《风赋》）

◎颜成子游曰："地籁则众窍是已，人籁则比竹是已，敢问天籁。"南郭子綦曰："夫吹万不同，而使其自已也，咸其自取，怒者其谁邪？"（《庄子·齐物论》）

◎我知言，我善养吾浩然之气。其为气也，至大至

《水调歌头》（落日绣帘卷）词意图

刚，以直养而无害，则塞于天地之间。(《孟子·公孙丑上》)

◆此等句法，使作者稍稍矜才使气，便流入粗豪一派。妙能写景中人，用生出无限情思。(郑文焯手批《东坡乐府》)

蝶恋花送潘大临

别酒劝君君一醉。清润潘郎，又是何郎婿。记取钗头新利市，莫将分付东邻子。

回首长安佳丽地。三十年前，我是风流帅。为向青楼寻旧事，花枝缺处馀名字。

◎（潘）岳字安仁，举秀才为郎。少时常挟弹出洛阳道，妇人遇之者，皆连手萦绕，投之以果，遂满车而归。徐陵《洛阳道》乐府："潘郎车欲满，争奈掷花何。"(《晋书·潘岳传》)

◎何平叔晏美姿仪，面纯白，魏明帝疑其傅粉，夏日以汤饼食之，汗出，以朱衣拭面，色转皎然。(明何良俊《何氏语林》)

◆《蝶恋花》词，东坡在黄时，送潘邠老赴省试作也，今集不载。(宋吴曾《能改斋漫录》)

醉蓬莱

余谪居黄州，三见重九，每岁与太守徐君猷会于栖霞楼。今年公将去，乞郡湖南。念此惘然，故作是词。

笑劳生一梦，羁旅三年，又还重九。华发萧萧，对荒园搔首。赖有多情，好饮无事，似古人贤守。岁岁登高，年年落帽，物华依旧。

此会应须烂醉，仍把紫菊红萸，细看重嗅。摇落霜风，有手栽双柳。来岁今朝，为我西顾，酹羽觞江口。会与州人，饮公遗爱，一江醇酎。

◎处世若大梦，胡为劳其生。（唐李白《春日醉起言志》）

◎陈轸为楚使秦，过梁，欲见犀首，谢弗见。已乃见之。陈轸曰："公何好饮也？"犀首曰："无事也。"曰："吾请令公厌事可也。"（《史记·陈轸传》）

◎孟嘉为征西将军桓温参军事，温甚礼之。及九月九日，温宴龙门山，参寮毕至。有风吹嘉帽落，温令左右勿言，以观其举止也。（《世说新语·识鉴》）

◎九月九日，佩茱萸，饮菊花酒，令人长寿。（《西京杂记》）

◎悲哉秋之为气也，萧瑟兮草木摇落而变衰。（战国宋玉《九辩》）

◆癸亥（1083）君猷将去作。（宋傅藻《东坡纪年录》）

◆结处掉入苍茫，便有无限离景。（郑文焯手批《东

坡乐府》)

好事近 黄州送君猷

红粉莫悲啼，俯仰半年离别。看取雪堂坡下，老农夫凄切。

明年春水漾桃花，柳岸隘舟楫。从此满城歌吹，看黄州阗咽。

◆癸亥(1083),君猷将去作。(宋傅藻《东坡纪年录》)

西江月 重阳栖霞楼作

点点楼头细雨，重重江外平湖。当年戏马会东徐，今日凄凉南浦。

莫恨黄花未吐，且教红粉相扶。酒阑不必看茱萸，俯仰人间今古。

◎宋武帝为宋公，在彭城，九月九日出项羽戏马台，至今相承，以为故事。(《南史》)

定风波

王定国歌儿曰柔奴，姓宇文氏，眉目娟丽，善应对，家世住京师。定国南迁归，余问柔："广南风土应是不好？"柔对曰："此心安处，便是吾乡。"因为缀词云。

常羡人间琢玉郎，天应乞与点酥娘。自作清歌传皓齿，风起，雪飞炎海变清凉。

万里归来年愈少，微笑，笑时犹带岭梅香。试问岭南应不好，却道，此心安处是吾乡。

◎佳人绝代歌，独立发皓齿。（唐杜甫《听杨氏歌》）

◎安处是吾乡。（唐白居易《四十五》）

◆王定国自岭表归，出歌者柔奴，劝东坡饮。坡问："广南风土应不好？"柔奴曰："此心安处，便是吾乡。"东坡喜其语，作《定风波》词以记之。（宋孙宗鉴《东皋杂录》）

鹧鸪天

林断山明竹隐墙，乱蝉衰草小池塘。翻空白鸟时时见，照水红蕖细细香。

村舍外，古城旁，杖藜徐步转斜阳。殷勤昨夜三更雨，又得浮生一日凉。

◎杖藜徐步立芳洲。（唐杜甫《绝句漫兴九首》）

◆渊明诗："啸傲东轩下，聊复得此生。"此词从陶诗中得来，逾觉清异。较"浮生半日闲"句，自是诗词异调。论者每谓坡公以诗笔入词，岂审音知言者？（郑文焯手批《东坡乐府》）

十拍子

白酒新开九酝，黄花已过重阳。身外傥来都似梦，醉里无何即是乡。东坡日月长。

玉粉旋烹茶乳，金虀新捣橙香。强染霜髭扶翠袖，莫道狂夫不解狂。狂夫老更狂。

◎陶潜盈把，既浮九酝之欢；毕卓持螯，须尽一生之兴。（唐中宗《九日登高诗序》）

◎物之傥来，寄也。（《庄子·缮性》）

◎庄子曰："今子有大树，患其无用，何不树之于无何有之乡，广漠之野，彷徨乎无为其侧，逍遥乎寝卧其下。不夭斤斧，物无害者。无所可用，安所困苦哉？"（《庄子·逍遥游》）

◎无事日月长。（唐白居易《偶作二首》）

◎泛之白花如粉乳，乍见紫面生光华。（宋欧阳修《茶歌》）

◎染髭：注见本卷《渔家傲》"些小白须何用染"。

◎欲填沟壑惟疏放，自笑狂夫老更狂。（唐杜甫《狂夫》）

◆癸亥（1083）九月作。（清王文诰《苏诗总案》）

南歌子

黄州腊八日饮怀民小阁。

卫霍元勋后，韦平外族贤。吹笙只合在缑山，同驾彩鸾归去趁新年。

烘暖烧香阁，轻寒浴佛天。他时一醉画堂前，莫忘故人憔悴老江边。

◎卫霍：卫青、霍去病。

◎韦平：韦贤、平当。

◆癸亥（1083），饮张梦得小阁作。（清王文诰《苏诗总案》）

瑶池燕

闺怨，寄陈季常。

飞花成阵，春心困。寸寸，别肠多少愁闷。无人问，偷啼自揾，残妆粉。

抱瑶琴、寻出新韵，玉纤趁，《南风》来解幽愠。低云鬟，眉峰敛晕，娇和恨。

◎舜作五弦之琴，以歌《南风》诗曰："南风之熏兮，可以解吾民之愠兮。"（《史记·五帝纪》）

◆东坡云：琴曲有《瑶池燕》，其词不协，而声亦怨咽。变其词作《闺怨》，寄陈季常去。此曲奇妙，勿妄与人云。（宋赵令畤《侯鲭录》）

满庭芳

元丰七年四月一日，余将去黄移汝，留别雪堂邻里二三君子。会李仲览自江东来别，遂书以遗之。

归去来兮，吾归何处，万里家在岷峨。百年强半，来日苦无多。坐见黄州再闰，儿童尽楚语吴歌。山中友，鸡豚社酒，相劝老东坡。

云何，当此去，人生底事，来往如梭？待闲看秋风，洛水清波。好在堂前细柳，应念我、莫剪柔柯。仍传语，江南父老，时与晒渔蓑。

◎杨朱曰："百年寿之大齐，得百年者，千无一焉。设有一者，孩抱以逮昏老，几居其半矣。"（《列子·杨朱》）

◎年皆过半百，来日苦无多。（唐韩愈《除官赴阙至江州寄鄂岳李大夫》）

◎秋风吹洛水，落叶满长安。（唐吕洞宾《促拍满路花》）

◆甲子三月，告下，特授检校尚书水部员外郎，汝州团练副使，本州安置。（清王文诰《苏诗总案》）

◆使君抱负不凡。（郑文焯手批《东坡乐府》）

西江月

姑熟再见胜之，次前韵。

别梦已随流水，泪巾犹裛香泉。相如依旧是臞仙，人在瑶台阆苑。

花雾萦风缥缈，歌珠滴水清圆。蛾眉新作十分妍，走马归来便面。

◎（司马）相如见上好仙，因曰："上林之事，未足美也，尚有靡者。臣尝为《大人赋》，未就，请具而奏之。"相如以为列仙之儒，居山泽间，形容甚臞，此非帝王之仙意也，乃遂奏《大人赋》。（《汉书·司马相如传》）

◎瑶台、阆苑：昆仑之别名。

◎珠唱铺圆袅袅长。（唐杜牧《羊栏浦夜陪宴会》）

◎（张）敞无威仪，时罢朝会，过走马章台街，使御吏驱，自以便面拊马。又为妇画眉，长安中传张京兆眉妩。有司以奏敞，上问之，对曰："臣闻闺房之内，夫妇之私，有过于画眉者。"上爱其能，弗备责也。（《汉书·张敞传》。师古注：便面，所以障面，盖扇之类也。不欲见人，以此自障面，则得其便，故曰便面，亦曰屏面。）

◆徐君猷后房甚盛，东坡尝闻堂上丝竹，词中所谓"表德原来字胜之"者，所最宠也。东坡北归过南都，其人已归张乐全之子厚之恕矣。东坡复见之，不觉掩面号恸，妾乃顾其徒而大笑。东坡每以语人，为蓄婢之戒。（宋王明清《挥麈后录》）

渔家傲

金陵赏心亭送王胜之龙图。王守金陵，视事一日，移南郡。

千古龙蟠并虎踞，从公一吊兴亡处。渺

渺斜风吹细雨。芳草渡，江南父老留公住。

公驾风车凌彩雾，红鸾骖乘青鸾驭。却讶此洲名白鹭。非吾侣，翩然欲下还飞去。

◎赏心亭在江宁县西下水门城上。(《一统志》)

◎青箬笠，绿蓑衣，斜风细雨不须归。(唐张志和《渔父》)

◎奇肱氏能为飞车，从风远行。(《括地图》)

◎三山半落青天外，二水中分白鹭洲。(唐李白《登金陵凤凰台》)

◆甲子（1084）八月，与王益柔游蒋山作。(清王文诰《苏诗总案》)

◆东坡自黄移汝，过金陵，见舒王，适陈和叔作守，多同饮会。一日游蒋山，和叔被召将行，舒王顾江山曰："子瞻可作歌。"坡醉中书云云。(宋赵令畤《侯鲭录》)

浣溪沙 席上赠楚守田待问小鬟

学画鸦儿正妙年，阳城下蔡困嫣然。凭君莫唱短因缘。

雾帐吹笙香袅袅，霜庭按舞月娟娟。曲终红袖落双缠。

◎东家之子，增之一分则太长，减之一分则太短，着粉则太白，施朱则太赤。眉如翠羽，肌如白雪，腰如束素，齿如含贝。嫣然一笑，惑阳城，迷下蔡。(战国宋玉

《登徒子好色赋》）

又

一梦江湖费五年，归来风物故依然。相逢一醉是前缘。

迁客不应常旺躁，使君为出小婵娟。翠鬟聊着小诗缠。

◎进士不捷而饮，谓之打旺躁。（唐李肇《唐国史补》）

虞美人

波声拍枕长淮晓，隙月窥人小。无情汴水自东流，只载一船离恨向西州。

竹溪花浦曾同醉，酒味多于泪。谁教风鉴在尘埃，酝造一场烦恼送人来。

◆甲子（1084）十一月，与秦观淮上饮别作。（清王文诰《苏诗总案》）

◆东坡长短句云："无情汴水自东流，只载一船离恨向西州。"张文潜用其意以为诗云："亭亭画舸系东潭，只待行人酒半酣。不管烟波与风雨，载将离恨过江南。"王平甫尝爱而诵之，彼不知其出于东坡也。（宋吴曾《能改斋漫录》）

行香子

与泗守过南山晚归作。

北望平川，野水荒湾，共寻春、飞步孱颜。和风弄袖，香雾萦鬟。正酒酣时，人语笑，白云间。

飞鸿落照，相将归去。澹娟娟、玉宇清闲。何人无事，宴坐空山。望长桥上，灯火乱，使君还。

◎放散畔岸，骧以孱颜。（汉司马相如《大人赋》。注：孱颜，不齐也。）

◆甲子（1084），与刘士彦山行晚归作。（清王文诰《苏诗总案》）

◆东坡自黄州移汝州，舟次泗上，偶作词云："何人无事，宴坐空山。望长桥上，灯火闹，使君还。"太守刘士彦，本出法家，山东木强人也。闻之，亟谒东坡，曰："知有新词。学士名满天下，京师便传。在法，泗州夜过长桥者徒二年，况知州耶？"切告收起，勿以示人。（宋王明清《挥麈后录》）

◆人外之游，澹然仙趣。（郑文焯手批《东坡乐府》）

如梦令

元丰七年十二月十八日，浴泗州雍熙塔下，戏作《如梦令》两阕。此曲本唐庄宗制，名《忆

《行香子》（北望平川）词意图

仙姿》，嫌其名不雅，故改为《如梦令》。庄宗作此词，卒章云：“如梦，如梦，和泪出门相送。”因取以为名云。

水垢何曾相受，细看两俱无有。寄语揩背人，尽日劳君挥肘。轻手，轻手，居士本来无垢。

◎泗州塔，人传下藏真身，后阁上碑道兴国中塑僧伽事甚详。塔本喻都料造，极工巧，俗谓塔顶为天门。（宋刘攽《中山诗话》）

又

自净方能净彼，我自汗流呀气。寄语澡浴人，且共肉身游戏。但洗，但洗，俯为人间一切。

◆甲子（1084）作。（宋傅藻《东坡纪年录》）

浣溪沙

元丰七年十二月二十四日，从泗州刘倩叔游南山。

细雨斜风作小寒，淡烟疏柳媚晴滩。入淮清洛渐漫漫。

雪沫乳花浮午盏，蓼茸蒿笋试春盘。人间有味是清欢。

◆甲子（1084）同刘倩叔游都梁山作。（清王文诰《苏诗总案》）

满庭芳

余年十七，始与刘仲达往来于眉山。今年四十九，相逢于泗上。淮水浅冻，久留郡中。晦日同游南山，话旧感叹，因作《满庭芳》云。

三十三年，飘流江海，万里烟浪云帆。故人惊怪，憔悴老青衫。我自疏狂异趣，君何事、奔走尘凡。流年尽，穷途坐守，船尾冻相衔。

巉巉，淮浦外，层楼翠壁，古寺空岩。步携手林间，笑挽攕攕。莫上孤峰尽处，萦望眼、云海相搀。家何在，因君问我，归梦绕松杉。

◎疏狂属年少，闲散为官卑。（唐白居易《代书诗一百韵寄微之》）

◆甲子（1084）作。（宋傅藻《东坡纪年录》）

水龙吟

昔谢自然欲过海求师蓬莱，至海中，或谓自然："蓬莱隔弱水三十万里，不可到。天台有司马子微，身居赤城，名在绛阙，可往从之。"自然乃还，受道于子微，白日仙去。子微著《坐忘论》七篇，《枢》一篇。年百馀，将终，谓弟子曰："吾居玉霄峰，东望蓬莱，尝有真灵降焉。今为东海青童君所召。"乃蝉脱而去。其后李太白作《大鹏赋》云："尝见子微于江陵，谓余有仙风道骨，可与神游八极之表。"元丰七年冬，余过临淮，而湛然先生梁公在焉，童颜清彻，如二三十许人，然人亦有自少见之者。善吹铁笛，嘹然有穿云裂石之声。乃作《水龙吟》一首，记子微、太白之事，倚其声而歌之。

古来云海茫茫，道山绛阙知何处？人间自有，赤城居士，龙蟠凤翥。清净无为，《坐忘》遗照，八篇奇语。向玉霄东望，蓬莱晻霭，有云驾，骖风驭。

行尽九州四海，笑纷纷、落花飞絮。临江一见，谪仙风采，无言心许。八表神游，浩然相对，酒酣箕踞。待垂天赋就，骑鲸路稳，约相将去。

◎果州南充县，寒女谢自然。童骙无所识，但闻有神仙。轻生学其术，乃在金泉山。繁华荣慕绝，父母慈爱捐。凝心感魑魅，慌惚难具言。一朝坐空室，云雾生其间。如聆笙竽韵，来自冥冥天。白日变幽晦，萧萧风景寒。檐楹暂明灭，五色光属联。观者徒倾骇，踯躅讵敢前。须臾自轻举，飘若风中烟。茫茫八弦大，影响无由缘。（唐韩愈《谢自然诗》）

◎赤城山，天台之南门也。（《天台山图》）

◎司马承祯字子微，隐于天台山，自号白云子，有服饵之术。则天、中宗朝，频征不起。睿宗雅尚道教，稍加尊异，承祯方赴召。无何，苦辞归，乃赐宝琴花帔以遣之。（唐刘肃《大唐新语》）

◎玉霄峰在天台山，司马子微隐处。有蜀女谢自然，将诣蓬莱求师，遇一叟，指言司马承祯者，名在赤台，身居赤城，真良师也。遂从承祯得道，白日冲举。（《一统志》）

◎余昔于江陵见天台司马子微，谓余有仙风道骨，可与神游八极之表。因著《大鹏遇希有鸟赋》以自广。此赋已传于世，往往人间见之。悔其少作，未穷宏达之旨，中年弃之。及读《晋书》，睹阮宣子《大鹏赞》，鄙心陋之，遂更记忆，多将旧本不同，今复存手集。岂敢传诸作者，庶可示之子弟而已。（唐李白《大鹏赋序》）

◎晻霭，旌旗蔽日貌。（《文选·离骚》五臣注）

◆甲子（1084）冬作。（宋傅藻《东坡纪年录》）

满庭芳

余谪居黄州五年，将赴临汝，作《满庭芳》一篇别黄人。既至南都，蒙恩放归阳羡，复作一篇。

归去来兮，清溪无底，上有千仞嵯峨。画楼东畔，天远夕阳多。老去君恩未报，空回首、弹铗悲歌。船头转，长风万里，归马驻平坡。

无何，何处有，银潢尽处，天女停梭。问何事人间，久戏风波。顾谓同来稚子，应烂汝、腰下长柯。青衫破，群仙笑我，千缕挂烟蓑。

◎初冯驩闻孟尝君好客，蹑屩而见之，置传舍十日。孟尝君问传舍长曰："客何所为？"答曰："冯先生甚贫，犹有一剑耳，又蒯缑，弹其剑而歌曰：'长铗归来乎，食无鱼。'"孟尝君迁之幸舍，食有鱼矣。五日，又问传舍长，答曰："客又弹剑而歌曰：'长铗归来乎，出无舆。'"孟尝君迁之代舍，出入乘舆车矣。五日，孟尝君复问传舍长，舍长答曰："先生又尝弹剑而歌曰：'长铗归来乎，无以为家。'"孟尝君不悦。（《史记·孟尝君列传》）

◎王良旁有八星，绝汉曰天潢。（《史记·天官书》）

◎晋中朝时，有民王质伐木至石室中，见童子四人，弹琴而歌，质倚柯听之。童子以一物如枣核与质，质含之，不复饥。俄顷，童子曰："其归。"承声而去，斧柯漼然烂尽。既归，质去家已数十年，亲戚凋落，无复向时比矣。（北魏郦道元《水经注》）

◆乙丑（1085）二月，告下，仍以检校尚书水部员外郎、团练副使，不得签书公事，常州居住，再作《满庭芳》词。（清王文诰《苏诗总案》）

◆《桃溪客语》载：阳羡邵氏因东坡此词，遂名所居曰天远堂。余曾于吴市见一古砂壶，底有篆文，即此堂

名，乃知为宋制邵家故物。惜未购致为憾耳。（郑文焯手批《东坡乐府》）

南乡子 宿州上元

千骑试春游，小雨如酥落便收。能使江东归老客，迟留，白酒无声滑泻油。

飞火乱星球，浅黛横波翠欲流。不似白云乡外冷，温柔，此去淮南第一州。

◎天街小雨润如酥，草色遥看近却无。（唐韩愈《早春呈水部张十八员外》）

◎后进（赵）合德，帝大悦，以辅属体，无所不靡，谓为温柔乡，曰："吾老是乡矣，不能效武皇帝求白云乡也。"（《飞燕外传》）

又

用前韵，赠田叔通舞鬟。

绣鞅玉镮游，灯晃帘疏笑却收。久立香车催欲上，还留，更且檀唇点杏油。

花遍《六幺》球，面旋回风带雪流。春入腰肢金缕细，轻柔，种柳应须柳柳州。

◎乐工进曲，录出要者名《录要》，误为《绿腰》、

《六幺》。(《琵琶录》)

◎柳州柳刺史，种柳柳江边。(唐柳宗元《种柳戏题》)

◆乙丑(1085)四月作。(清王文诰《苏诗总案》)

又用韵和道辅

未倦长卿游，漫舞夭歌烂不收。不是使君能□世，谁留，教有琼梳脱麝油。

香粉镂金球，花艳红笺笔欲流。从此丹唇并皓齿，清柔，唱遍山东一百州。

◎发妙声于丹唇，激哀音于皓齿。(晋成公绥《啸赋》)

渔　父

渔父饮，谁家去，鱼蟹一时分付。酒无多少醉为期，彼此不论钱数。

◎或置酒招之，造饮辄尽，期在必醉。(《南史·陶潜传》)

又

渔父醉，蓑衣舞，醉里却寻归路。轻

舟短棹任横斜，醒后不知何处。

又

渔父醒，春江午，梦断落花飞絮。酒醒还醉醉还醒，一笑人间今古。

又

渔父笑，轻鸥举，漠漠一江风雨。江边骑马是官人，借我孤舟南渡。

◎江天漠漠鸟双去，风雨时时龙一吟。（唐杜甫《滟滪》）

菩萨蛮

买田阳羡吾将老，从来不为溪山好。来往一虚舟，聊从造物游。

有书仍懒著，且漫歌归去。筋力不辞诗，要须风雨时。

◎泛若不系之虚舟，而遨游者也。（《庄子·列御寇》）

◆乙丑（1085）五月，归宜兴作。（清王文诰《苏诗总案》）

蝶恋花

云水萦回溪上路。叠叠青山，环绕溪东注。月白沙汀翘宿鹭，更无一点尘来处。

溪叟相看私自语。底事区区，苦要为官去。尊酒不空田百亩，归来分取闲中趣。

◎坐上客常满，尊中酒不空。（《后汉书·孔融传》）

◆乙丑（1085）五月，起知登州，将行，有怀荆溪作。六月，告下，复朝奉郎，起知登州军州事。（清王文诰《苏诗总案》）

又

过涟水军赠赵晦之。

自古涟漪佳绝地。绕郭荷花，欲把吴兴比。倦客尘埃何处洗，真君堂下寒泉水。

左海门前鱼酒市。夜半潮来，月下孤舟起。倾盖相逢拚一醉，双凫飞去人千里。

◎河水清且涟漪。（《诗经·魏风·伐檀》。毛传：涟，风行水成文也。）

◎白头如新，倾盖如故。（汉邹阳《狱中上梁王书》）

◆乙丑（1085）十月作。以吴兴比涟水，故有“绕郭荷花”之句，非十月见荷花也。（清王文诰《苏诗总案》）

水调歌头

欧阳文忠公尝问余："琴诗何者最善？"答以退之《听颖师琴》诗。公曰："此诗固奇丽，然非听琴，乃听琵琶诗也。"余深然之。建安章质夫家善琵琶者乞为歌词，余久不作，特取退之词稍加檃括，使就声律，以遗之云。

昵昵儿女语，灯火夜微明。恩怨尔汝来去，弹指泪和声。忽变轩昂勇士，一鼓填然作气，千里不留行。回首暮云远，飞絮搅青冥。

众禽里，真彩凤，独不鸣。跻攀寸步千险，一落百寻轻。烦子指间风雨，置我肠中冰炭，起坐不能平。推手从归去，无泪与君倾。

◎昵昵儿女语，恩怨相尔汝。划然变轩昂，勇士赴敌场。浮云柳絮无根蒂，天地阔远随飞扬。喧啾百鸟群，忽见孤凤凰。跻攀分寸不可上，失势一落千丈强。嗟予有两耳，未省听丝篁。自闻颖师琴，起坐在一旁。推手遽止之，湿衣泪滂滂。颖乎尔诚能，无以冰炭置我肠。（唐韩愈《听颖师琴》）

◎填然鼓之，或百步而后止，或五十步而后止。（《孟子·梁惠王上》）

◎臣之剑，十步一人，千里不留行。（《庄子·说剑》）

水龙吟

次韵章质夫《杨花》词。

似花还似非花，也无人惜从教坠。抛家傍路，思量却是，无情有思。萦损柔肠，困酣娇眼，欲开还闭。梦随风万里，寻郎去处，又还被，莺呼起。

不恨此花飞尽，恨西园、落红难缀。晓来雨过，遗踪何在，一池萍碎。春色三分，二分尘土，一分流水。细看来，不是杨花，点点是离人泪。

◎打起黄莺儿，莫教枝上啼。啼时惊妾梦，不得到辽西。（唐金昌绪《春怨》）

◆章楶质夫作《水龙吟》咏杨花，其命意用事，清丽可喜。东坡和之，若豪放不入律吕，徐而视之，声韵谐婉，便觉质夫词有织绣工夫。晁叔用云："东坡如毛嫱、西施，净洗却面，与天下妇人斗好，质夫岂可比耶？"（宋朱弁《曲洧旧闻》）

◆东坡《和章质夫杨花词》云"思量却是，无情有思"，用老杜"落絮游丝亦有情"也。"梦随风万里，寻郎去处，依前被，莺呼起"，即唐人诗云："打起黄莺儿，莫教枝上啼。几回惊妾梦，不得到辽西。""细看来，不是杨花，点点是离人泪"，即唐人诗云："时人有酒送张八，惟我无酒送张八。君看陌上梅花红，尽是离人眼中血。"皆夺

《水龙吟》（似花还似非花）词意图

胎换骨手。（宋曾季狸《艇斋诗话》）

◆词不宜强和人韵。若倡者之曲韵宽平，庶可赓歌；倘韵险，又为人所先，则必牵强赓和，句意安能融贯。徒费苦思，未见有全章妥溜者。东坡“次章质夫杨花”《水龙吟》韵，机锋相摩，起句便合让东坡出一头地。后片愈出愈奇，真是压倒今古。（宋张炎《词源》）

◆如虢国夫人不施粉黛，而一段天姿，自是倾城。（明李攀龙《草堂诗馀隽》）

◆人谓“大江东去”之粗豪，不如“晓风残月”之细腻。如此词，又进柳妙处一尘矣。（明卓人月《古今词统》）

◆随风万里寻郎，悉杨花神魂。（明沈际飞《草堂诗馀正集》）

◆读他文字，精灵尚在文字里面。此老只见精灵，不见文字。（同上）

◆邻人之笛，怀旧者感之；斜谷之铃，溺爱者悲之。东坡《水龙吟·和章质夫咏杨花》云“细看来，不是杨花，点点是离人泪”，亦同此意。又东坡《水龙吟》起调云“似花还似非花”，此句可作全词评语，盖不离不即也。（清刘熙载《艺概》）

◆东坡此词虽和质夫作，而结句确不同章词读法。此十三字一气，大抵用一五两四句法者居多，而作一七两三者，亦非绝无之事也。苏词句法本是如此，语意何等明快。若依红友一定铁板，则既云“细看来不是”矣，下文当直云“点点是离人泪”耳，何复赘“杨花”二字也。且秃然于“是”字断句，语气亦拦拉不住。（清厉鹗手批《词律》）

◆煞拍画龙点睛，此亦词中一格。（郑文焯手批《东坡乐府》）

◆东坡《水龙吟》咏杨花，和韵而似原唱，章质夫词原唱而似和韵，才之不可强也如是。（王国维《人间词话》）

◆咏物之词，自以东坡《水龙吟》为最工。（王国维《人间词话》）

满庭芳

香叆雕盘，寒生冰筯，画堂别是风光。主人情重，开宴出红妆。腻玉圆搓素颈，藕丝嫩、新织仙裳。歌声罢，虚檐转月，馀韵尚悠扬。

人间何处有，司空见惯，应谓寻常。坐中有狂客，恼乱愁肠。报道金钗坠也，十指露、春笋纤长。亲曾见，全胜宋玉，想象赋高唐。

◆丁卯（1087）五月，集于王诜西园。（清王文诰《苏诗总案》）

◆程子山敦厚跋坡词《满庭芳》云：予闻苏仲虎云，有传此词以为先生作，东坡笑曰："吾文章肯以藻绘一香篆槊乎？"其间如"画堂别是风光"及"十指露"之语，诚非先生肯云。子山之说，固人所共晓。（宋费衮《梁溪漫志》）

西江月 送钱待制穆父

莫叹平齐落落，且应去鲁迟迟。与君各记少年时，须信人生如寄。

白发千茎相送，深杯百罚休辞。拍浮何用酒为池，我已为君德醉。

◎（耿）弇讨张步，步平散去。车驾至临淄劳军，群臣大会，帝谓弇曰："将军前在南阳，建此大策，常以为落落难合，有志者事竟成也。"（《后汉书·耿弇传》）

◎孔子去鲁，迟迟吾行。（《孟子·万章下》）

◎人生如寄，多忧何为。（三国魏曹丕《善哉行》）

◎（毕）卓尝谓人曰："得酒满数百斛船，四时甘味置两头，右手持酒杯，左手持蟹螯，拍浮酒船中，便足了一生矣。"（《晋书·毕卓传》）

定风波

余昔与张子野、刘孝叔、李公择、陈令举、杨元素会于吴兴，时子野作六客词，其卒章云："见说贤人聚吴分，试问，也应旁有老人星。"凡十五年，再过吴兴，而五人者皆已亡矣。时张仲谋与曹子方、刘景文、苏伯固、张秉道为坐客，仲谋请作后六客词云。

月满苕溪照夜堂，五星一老斗光芒。十五年间真梦里，何事，长庚配月独凄凉。

绿发苍颜同一醉，还是，六人吟笑水

云乡。宾主谈锋谁得似，看取，曹刘今对两苏张。

◎苕溪：注见卷一《南歌子》“山雨萧萧过”。

◎东方未明大星没，独有太白配残月。（唐韩愈《东方半明》。长庚，即太白星。）

◎曹刘、两苏张：即后六客。

◆己巳（1089）过吴兴作。（《苏轼年谱》）

点绛唇

己巳重九和苏坚。

我辈情钟，古来谁似龙山宴。而今楚甸，戏马余飞观。

顾谓佳人，不觉秋强半。筝声远，鬓云撩乱，愁入参差雁。

◎（王）衍尝丧幼子，山简吊之，衍悲不自胜。简曰：“孩抱中物，何至如此？”衍曰：“圣人忘情，最下不及情。然则情之所钟，正在我辈。”简闻其言，更为之恸。（《晋书·王衍传》）

◎（孟）嘉为桓温参军，九月九日，温宴龙山，时佐吏并着戎服，有风至，吹嘉帽落，嘉不之觉。温命孙盛作文嘲嘉，嘉即答之，其文甚美，四坐嗟叹。（《晋书·孟嘉传》）

◆己巳（1089）作。（宋傅藻《东坡纪年录》）

◆苏伯固名坚，博学能诗，东坡与讲宗盟。自黄徙汝，同游庐山，有《归朝欢》词，以刘梦得比之。坡自翰林守杭，道吴兴，伯固以临濮县主簿、监杭州在城商税，自杭来会，作后六客词，伯固与焉。方经理开西湖，伯固建议，谓当参酌古今而用中策。湖成，其力为多。后一岁，又相从于广陵，有《和伯固韵送李学博》诗。坡归自海南，伯固在南华相待，有诗。黄鲁直谪死宜州，至大观间，伯固在岭外，护其丧归葬双井，其风义如此。（《苏轼诗集》施元之注）

临江仙

疾愈登望湖楼，赠项长官。

多病休文都瘦损，不堪金带垂腰。望湖楼上暗香飘。和风春弄袖，明月夜闻箫。

酒醒梦回清漏永，隐床无限更潮。佳人不见董娇娆。徘徊花上月，空度可怜宵。

◎沈约字休文。武帝立，累迁光禄大夫。初，约久处端揆，有志台司，而帝终不用。乃求外出，遂以书陈情于徐勉，言已老病，百日数旬，革带常应移孔，以手握臂，率计月小半分。欲谢事求归老之秩。（《宋书·沈约传》）

◆庚午（1090）正月作。（清王文诰《苏诗总案》）

南歌子 杭州端午

山与歌眉敛，波同醉眼流。游人都上十三楼，不羡竹西歌吹古扬州。

菰黍连昌歜，琼彝倒玉舟。谁家《水调》唱歌头，声绕碧山飞去晚云留。

◎低翠蛾而敛色，睇横波而流光。（南朝谢偃《听歌赋》）

◎斜阳竹西路，歌吹是扬州。（唐杜牧《题扬州禅智寺》）

又

古岸开青葑，新渠走碧流。会看光满万家楼，记取他年扶病入西州。

佳节连梅雨，馀生寄叶舟。只将菱角与鸡头，更有月明千顷一时留。

◎（谢）安还都，闻当舆入西州门，自以本志不遂，深自慨失。羊昙者，太山人，知名士也，为安所爱重。安薨后，辍乐弥年，行不由西州路。尝游石头大醉，扶路唱乐，不觉至州门，左右白曰："此西州门。"昙悲感不已，以马策扣扉，诵曹子建诗曰："生存华屋处，零落归山丘。"恸哭而去。（《晋书·谢安传》）

《南歌子》（山与歌眉敛）词意图

减字木兰花

钱塘西湖有诗僧清顺，所居藏春坞，门前有二古松，各有凌霄花络其上，顺常昼卧其下。时余为郡，一日屏骑从过之，松风骚然。顺指落花求韵，余为赋此。

双龙对起，白甲苍髯烟雨里。疏影微香，下有幽人昼梦长。

湖风清软，双鹊飞来争噪晚。翠飐红轻，时上凌霄百尺英。

◆庚午（1090）五月作。（清王文诰《苏诗总案》）

◆西湖僧清顺字怡然，清苦多佳句，东坡亦与游，多唱和。（宋惠洪《冷斋夜话》）

鹊桥仙 七夕和苏坚

乘槎归去，成都何在，万里江沱汉漾。与君各赋一篇诗，留织女、鸳鸯机上。

还将旧曲，重赓新韵，须信吾侪天放。人生何处不儿嬉，看乞巧、朱楼彩舫。

◎一而不党，命曰天放。（《庄子·马蹄》）

◎七夕，妇人结彩楼，穿七孔针，陈瓜果于中庭以乞巧。有蟢子网于瓜上，则以为得。今世七夕作小彩舫以乞巧。（南朝宗懔《荆楚岁时记》）

◆庚午（1090）七月七日和苏坚。（清王文诰《苏诗总案》）

点绛唇 庚午重九

不用悲秋，今年身健还高宴。江村海甸，总作空花观。

尚想横汾，兰菊纷相半。楼船远，白云飞乱，空有年年雁。

◎空花：佛教以圆明达观，视世界如空中花。

◎上行幸河东，祠后土，顾视帝京欣然。中流与群臣饮燕，上欢甚，乃自作《秋风辞》曰："秋风起兮白云飞，草木黄落兮雁南归。兰有秀兮菊有芳，携佳人兮不能忘。泛楼舡兮济汾河，横中流兮扬素波。箫鼓鸣兮发棹歌，欢乐极兮哀情多。少壮几时兮奈老何。"（汉武帝《秋风辞》）

◎不见只今汾水上，惟有年年秋雁飞。（唐李峤《汾阴行》）

◆庚午（1090）九月九日，和去岁重九。（清王文诰《苏诗总案》）

又 再和送钱公永

莫唱《阳关》，风流公子方终宴。秦山禹甸，缥缈真奇观。

北望平原，落日山衔半。孤帆远，我

歌君乱，一送西飞雁。

◎弈弈梁山，维禹甸之。（《诗经·大雅·韩奕》）

◎吴歌楚舞欢未毕，青山犹衔半边日。（唐李白《乌栖曲》）

好事近 西湖夜归

湖上雨晴时，秋水半篙初没。朱槛俯窥寒鉴，照衰颜华发。

醉中吹堕白纶巾，溪风漾流月。独棹小舟归去，任烟波摇兀。

◆庚午（1090）九月泛湖作。（清王文诰《苏诗总案》）

渔家傲 送吉守江郎中

送客归来灯火尽，西楼淡月凉生晕。明日潮来无定准。潮来稳，舟横渡口重城近。

江水似知孤客恨，南风为解佳人愠。莫学时流轻久困。频寄问，钱塘江上须忠信。

浣溪沙

雪颔霜髯不自惊，更将剪彩发春荣。

羞颜未醉已先赪。

莫唱黄鸡并白发，且呼张丈唤殷兄。有人归去欲卿卿。

◎犹有夸张少年处，笑呼张丈唤殷兄。（唐白居易《元日内宴呈张侍御二十八丈殷判官二十三兄》）

又

料峭东风翠幕惊，云何不饮对公荣。水晶盘莹玉鳞赪。

花影莫孤三夜月，朱颜未称五年兄。翰林子墨主人卿。

◎（王）戎尝与阮籍饮，时兖州刺史刘昶字公荣在坐，籍以酒少，酌不及昶，昶无恨色。戎异之，他日问籍曰：“彼何如人也？”答曰：“胜公荣，不可不与饮；若减公荣，则不敢不共饮；惟公荣可不与饮。”（《晋书·王戎传》）

◎紫驼之峰出翠釜，水精之盘行素鳞。（唐杜甫《丽人行》）

◎年长以倍，则父事之。十年以长，则兄事之。五年以长，则肩随之。（《礼记·曲礼》）

◎雄从至射熊馆，还，上《长杨赋》。聊因笔墨成文章，故藉翰林以为主人，子墨为客卿以风。（汉扬雄《长杨赋序》）

◆辛未（1091）游伽蓝院，寄袁毂。（清王文诰《苏诗总案》）

又 送叶淳老

阳羡姑苏已买田，相逢谁信是前缘。莫教便唱水如天。

我作洞霄君作守，白头相对故依然。西湖知有几同年？

◎独上江楼思渺然，月光如水水如天。同来望月人何处，风景依稀似去年。（唐赵嘏《江楼感旧》）

西江月 宝云真觉院赏瑞香

公子眼花乱发，老夫鼻观先通。领巾飘下瑞香风，惊起谪仙春梦。

后土祠中玉蕊，蓬莱殿后鞓红。此花清绝更纤秾，把酒何人心动。

◎一比丘昼寝盘石上，梦中闻花香酷烈，及觉，求得之，因名睡香。四方奇之，谓为花中祥瑞，遂名瑞香。（《庐山记》）

◎乾元元年，贺怀智又上言曰："昔上夏日与亲王棋，令臣独弹琵琶，贵妃立于局前观之。上数枰子将输，贵妃放康国猧子上局乱之，上大悦。时风吹贵妃领巾于臣巾上，良久回身，方落。及反归，觉满身香气，乃卸头帻贮于锦囊中。今辄进所贮幞头。”上皇发囊，且曰：“此瑞龙脑香，吾曾施于暖池玉莲朵，再幸尚有香气宛然，况乎丝缕润腻之物哉！”遂凄怆不已。（《杨太真外传》）

◎盛游西洛方年少，晚落南谯号醉翁。白首归来玉堂上，君王殿后见鞓红。（宋欧阳修《禁中见鞓红牡丹》）

◆辛未（1091）二月，诏下，以翰林学士承旨召还，罢杭州任。三月，和曹辅《龙山真觉院瑞香花》诗，再作《西江月》词。（清王文诰《苏诗总案》）

又

坐客见和，复次韵。

小院朱阑几曲，重城画鼓三通。更看微月转光风，归去香云入梦。

翠袖争浮大白，皂罗半插斜红。灯花零落酒花秾，妙语一时飞动。

◎重戴，唐士人多尚之，盖古大裁帽之遗制，以皂罗为之。（《宋史·舆服志》）

◆辛未（1091）三月，又次韵。（清王文诰《苏诗总案》）

又

再用前韵，戏曹子方。坐客云瑞香为紫丁香，遂以此曲辨证之。

怪此花枝怨泣，托君诗句名通。凭将草木记吴风，继取相如云梦。

点笔袖沾醉墨，谤花面有惭红。知君却是为情秾，怕见此花撩动。

◆辛未（1091）三月，又用前韵。（清王文诰《苏诗总案》）

木兰花令 次马中玉韵

知君仙骨无寒暑，千载相逢犹旦暮。故将别语恼佳人，欲看梨花枝上雨。

落花已逐回风去，花本无心莺自诉。明朝归路下塘西，不见莺啼花落处。

◎玉容寂寞泪阑干，梨花一枝春带雨。（唐白居易《长恨歌》）

◆辛未（1091）三月，马瑊赋《木兰花令》送别，再和瑊词。（清王文诰《苏诗总案》）

虞美人 送马中玉

归心正似三春草，试着莱衣小。橘怀几日向翁开，怀祖已瞋文度不归来。

禅心已断人间爱，只有平交在。笑论

瓜葛一枰同，看取《灵光》新赋有家风。

◎慈母手中线，游子身上衣。临行密密缝，意恐迟迟归。谁言寸草心，报得三春晖。（唐孟郊《游子吟》）

◎老莱子孝奉二亲，行年七十，常身着五色斑斓之衣，为小儿戏啼，欲亲之喜也。（《高士传》）

◎（陆）绩字公纪，吴人也。父康，汉末为庐江太守。绩年六岁，于九江见袁术，术出橘，绩怀三枚去，拜辞堕地。术谓曰："陆郎作宾客而怀橘乎？"绩跪答曰："欲归遗母。"术大奇之。（《三国志·吴志·陆绩传》）

◎（王）湛孙述，字怀祖。子坦之，为桓温长史，温欲为子求婚于坦之。及还家省父，而述爱坦之，虽长大，犹抱置膝上。坦之因言温意，述大怒，遽排下曰："汝竟痴耶？讵可畏温面而以女妻兵也。"坦之乃辞以他故。温曰："此尊君不肯耳。"遂止。坦之字文度。（《晋书·王湛传》）

◎（王）导子悦，字长豫。弱冠有高名，事亲色养，导甚爱之。导尝共悦弈棋，争道，导笑曰："相与有瓜葛，那得为尔耶？"（《晋书·王导传》）

◎看取句：后汉王逸工词赋，尝欲作《鲁灵光殿赋》，命其子延寿往录其状。延寿因韵之，以简其父。父曰："吾无以加。"遂不复作。

临江仙 送钱穆父

一别都门三改火，天涯踏尽红尘。依然一笑作春温。无波真古井，有节是秋筠。

惆怅孤帆连夜发，送行淡月微云。尊前不用翠眉颦。人生如逆旅，我亦是行人。

◎无波古井水，有节青竹竿。（唐白居易《赠元稹》）

八声甘州寄参寥子

有情风万里卷潮来，无情送潮归。问钱塘江上，西兴浦口，几度斜晖。不用思量今古，俯仰昔人非。谁似东坡老，白首忘机。

记取西湖西畔，正春山好处，空翠烟霏。算诗人相得，如我与君稀。约他年、东还海道，愿谢公、雅志莫相违。西州路，不应回首、为我沾衣。

◎僧道潜字参寥，於潜人。能文章，尤喜为诗，尝有句云："风蒲猎猎弄轻柔，欲立蜻蜓不自由。五月临平山下路，藕花无数满汀洲。"过东坡于彭坡，甚爱之，以书告文与可，谓其诗句清绝，与林逋上下，而通了道义，见之令人萧然。苏黄门每称其体制绝类储光羲，非近时诗僧所能及。坡守吴兴，会于松江。坡既谪居，不远二千里，相从于齐安。留期年，遇移汝海，同游庐山，有《次韵留别》诗。坡守钱塘，卜智果精舍居之，入院分韵赋诗，又作《参寥泉铭》。坡南迁，遂欲转海访之，以书力戒勿萌

《八声甘州》（有情风万里卷潮来）词意图

此意，自揣馀生必须相见。当路亦捃其诗语，谓有刺讥，得罪，反初服。建中靖国初，曾子开在翰苑，言其非罪，诏复獲发。《咸淳临安志》：参寥本姓何。幼不茹荤，以童子诵《法华经》为比丘，于内外典无所不窥。崇宁末示寂，赐号妙总大师。(《苏轼诗集》施元之注)

◎谢公雅志：注见卷一《水调歌头》“安石在东海”。

◆突兀雪山，卷地而来，真似泉塘江上看潮时，添得此老胸中数万甲兵，是何气象雄且桀。妙在无一字豪宕，无一语险怪，又出之以闲逸感喟之情，所谓骨重神寒，不食人间烟火气者。词境至此观止矣。(郑文焯手批《东坡乐府》)

◆云锦成章，天衣无缝，是作从至情流出，不假熨贴之工。(郑文焯手批《东坡乐府》)

西江月

苏州交代，林子中席上作。

昨夜扁舟京口，今朝马首长安。旧官何物对新官，只有湖山公案。

此景百年几变，个中下语千难。使君才气卷波澜，与把新诗判断。

临江仙

辛未离杭至润，别张弼秉道。

我劝髯张归去好，从来自己忘情。尘心消尽道心平。江南与塞北，何处不堪行。

俎豆庚桑真过矣，凭君说与南荣。愿闻吴越报丰登。君王如有问，结袜赖王生。

◎老聃之役，有庚桑楚者，偏得老聃之道，以北居畏垒之山。其臣之画然知者去之，其妾之挈然仁者远之。拥肿之与居，鞅掌之为使。居三年，畏垒大穰，畏垒之民相与言曰："庚桑子之始来，吾洒然异之。今吾日计之而不足，岁计之而有馀，庶几其圣人乎。子胡不相与尸而祝之，社而稷之乎？"庚桑子闻之，南面而不释然。弟子异之，庚桑子曰："弟子何异于予？夫春气发而百草生，正得秋而万宝成。夫春与秋，岂无得而然哉？天道已行矣。吾闻至人尸居环堵之室，而百姓猖狂，不知所如往。今以畏垒之细民，而窃窃焉欲俎豆予于贤人之间，我其杓之人邪？吾是以不释于老聃之言。"南荣趎蹩然正坐曰："若趎之年者已长矣，将恶乎托业，以及此言耶？"庚桑子曰："全汝形，抱汝生，无使汝思虑营营。若此三年，则可以及此言也。"（《庄子·庚桑楚》）

◎（张）释之为公车令，太子与梁王共车入朝，释之劾不下公门，不敬。文帝崩，景帝立，释之恐，称疾欲免去，惧大诛至；欲见谢，则未知何如。用王生计，卒见谢，景帝不过也。王生者，善为黄老言，处士。尝召居廷中，公卿尽会立，王生老人曰："吾袜解。"顾谓释之："为我结袜。"释之跪而结之。既已，人或让王生："独奈何廷辱张廷尉如此？"王生曰："吾老且贱，自度终亡益于张廷尉。廷尉方天下名臣，吾故聊使结袜，欲以重之。”诸公闻之，贤王生而重释之。释之事景帝岁馀，为淮南相，犹尚以前过也。年老，病卒。（《汉书·张释之传》）

◆辛未（1091）四月作。（清王文诰《苏诗总案》）

木兰花令 次欧公西湖韵

霜馀已失长淮阔，空听潺潺清颍咽。
佳人犹唱醉翁词，四十三年如电抹。
草头秋露流珠滑，三五盈盈还二八。
与余同是识翁人，惟有西湖波底月。

◎汝阴西湖胜绝名天下，盖自欧阳永叔（修）始。往岁子瞻自禁林出守，赏咏尤多，而去欧阳公时已久，故其继和《木兰花》有“四十三年如电抹”之句。二词俱奇峭雅丽，如出一人，此所以中间歌咏寂寥无闻也。（《本事曲集》）

◎三五二八时，千里与君同。（南朝鲍照《玩月城西门廨中》）

◆辛未（1091）五月到阙，八月告下，除龙图阁学士，知颍州军州事。到颍州，游西湖，闻唱《木兰花令》词，欧阳修所遗也，和韵。（清王文诰《苏诗总案》）

减字木兰花

二月十五日夜与赵德麟小酌聚星堂。

春庭月午，摇荡香醪光欲舞。步转回

廊，半落梅花婉娩香。

轻烟薄雾，总是少年行乐处。不是秋光，只与离人照断肠。

◆元祐七年（1092）正月，东坡先生在汝阴州，堂前梅花大开，月色鲜霁。先生王夫人曰："春月色胜如秋月色，秋月色令人凄惨，春月色令人和悦。何如召赵德麟辈来，饮此花下？"先生大喜曰："吾不知子能诗耶，此真诗家语耳。"遂相召，与二欧饮，用是语作《减字木兰花》。（宋赵令畤《侯鲭录》）

满江红 怀子由作

清颍东流，愁来送、征鸿去翮。情乱处、青山白浪，万重千叠。孤负当年林下语，对床夜雨听萧瑟。恨此生、长向别离中，雕华发。

一尊酒，黄河侧。无限事，从头说。相看恍如昨，许多年月。衣上旧痕馀苦泪，眉间喜气占黄色。便与君、池上觅残春，花如雪。

◎能来同宿否，听雨对床眠。（唐白居易《雨中招张司业宿》）

◆壬申（1092）二月作。（清王文诰《苏诗总案》）

浣溪沙

芍药樱桃两斗新，名园高会送芳辰。洛阳初夏广陵春。

红玉半开菩萨面，丹砂秾点柳枝唇。尊前还有个中人。

◎广陵芍药真奇美，名与洛花相上下。（宋韩琦《和袁陟节推龙兴寺芍药》）

◆壬申（1092）二月，告下，以龙图阁学士充淮南东路兵马钤辖，知扬州军州事。四月，赏芍药樱桃作。（清王文诰《苏诗总案》）

减字木兰花

五月二十四日，会于无咎之随斋。主人汲泉置大盆中，渍白芙蓉，坐客翛然，无复有病暑意。

回风落景，散乱东墙疏竹影。满座清微，入袖寒泉不湿衣。

梦回酒醒，百尺飞澜鸣碧井。雪洒冰麾，散落佳人白玉肌。

◎江东人呼荷华为芙蓉。（《尔雅疏》）

生查子 送苏伯固

三度别君来，此别真迟暮。白尽老髭须，明日淮南去。

酒罢月随人，泪湿花如雾。后月送君时，梦绕湖边路。

青玉案

和贺方回韵，送伯固还吴中。

三年枕上吴中路，遣黄犬、随君去。若到松江呼小渡，莫惊鸳鹭。四桥尽是，老子经行处。

《辋川图》上看春暮，常记高人右丞句。作个归期天已许。春衫犹是，小蛮针线，曾湿西湖雨。

◎（陆）机有犬曰黄耳，甚爱之。既而羁寓京师，久无家问，笑语犬曰："我家绝无书信，汝能赍书取消息否？"犬摇尾作声。机乃为书，以竹筒盛书而系其颈。犬寻路南走，遂至其家，得报还洛。其后因以为常。（《晋书·陆机传》）

◎不见高人王右丞，蓝田丘壑蔓寒藤。（唐杜甫《解闷十二首》）

◆壬申（1092）八月，诏以兵部尚书召还。（清王文

诰《苏诗总案》）

◆东坡词《青玉案·用贺方回韵送伯固归吴中》歇拍云："作个归期天已许。春衫犹是，小蛮针线，曾湿西湖雨。"上三句未为甚艳，"曾湿西湖雨"是清语，非艳语，与上三句相连属，遂成奇艳绝艳，令人爱不忍释。坡公天仙化人，此等词犹为非其至者，后学已未易模昉其万一。（况周颐《餐樱庑词话》）

戚　氏

玉龟山，东皇灵姥统群仙。绛阙岧峣，翠房深迥倚霏烟。幽闲，志萧然，金城千里锁婵娟。当时穆满巡狩，翠华曾到海西边。风露明霁，鲸波极目，势浮舆盖方圆。正迢迢丽日，玄圃清寂，琼草芊绵。

争解绣勒香鞯，鸾辂驻跸，八马戏芝田。瑶池近、画楼隐隐，翠鸟翩翩。肆华筵，间作脆管鸣弦，宛若帝所钧天。稚颜皓齿，绿发方瞳圆极，恬淡高妍。

尽倒琼壶酒，献金鼎药，固大椿年。缥缈飞琼妙舞，命双成、奏曲醉留连，云璈韵响泻寒泉。浩歌畅饮，斜月低河汉。渐绮霞、天际红深浅。动归思、回首尘裳，烂漫游、玉辇东还。杏花风、数里响鸣鞭。望长安路，依稀柳色，翠点春妍。

◎灵姥：谓西王姥也。

◎昆仑去地一万一千里，上有层城九重。或上倍之，是为阆风。或上倍之，是谓玄圃。以次相及。（《淮南子·墬形训》）

◎吉日甲子，天子宾于西王母，乃执白圭玄璧，以见西王母，好献锦组百纯，䌰组三百纯。西王母再拜受之䌰。乙丑，天子觞西王母于瑶池之上。西王母为天子谣曰："白云在天，山陵自出。道里悠远，山川间之。将子无死，尚能复来。"（《穆天子传》）

◎七月七日，忽有青鸟飞集殿前。东方朔曰："此西王母欲来。"有顷，王母至，三青鸟夹侍王母旁。（《汉武故事》）

◎赵简子疾不知人，七日而寤，曰："我之帝所，甚乐，与百神游于钧天，《广乐》九奏万舞，不类三代之乐，其声动心。"（《穆天子传》郭璞注引《史记》）

◎老聃居山，有父老五人，方瞳，握青筇杖，共谈天地五方五行之精。（《拾遗记》）

◎上古有大椿者，以八千岁为春，八千岁为秋。（《庄子·逍遥游》）

◎王母乃命侍女许飞琼鼓震灵之簧。（《汉武内传》）

◎王母命侍女王子登弹八琅之璈，董双成吹云和之笙。（《汉武内传》）

◎上元夫人自弹云林之璈，歌步玄之曲。（《汉武内传》）

◎馀霞散成绮，澄江静如练。（南朝谢朓《晚登三山还望京邑》）

◆癸酉（1093）八月，告下，公以两学士充河北西路安抚使，兼马步军都总管，出知定州军州事。甲戌（1094）正月，闻歌者歌《戚氏》，方论穆天子事，因依其声成《戚氏》词。（清王文诰《苏诗总案》）

◆东坡先生在中山，作《戚氏》乐府词，最得意。幕客李端叔跋三百四十馀字，叙述甚备，欲刻石传后，为定武盛事，会谪去不果。今乃不载集中，至有立论排诋，以为非公作者。识真之难如此哉！（宋陆游《老学庵笔记》）

◆东坡元祐末自礼部尚书帅定州日，官妓因宴，索公为《戚氏》。公方坐与客论穆天子事，颇讶其虚诞，遂资以应之，随声随写，歌竟篇就，才点定五六字。坐中随声击节，终席不间他词，亦不容别进一语。且曰："足为中山一时盛事。"（宋吴曾《能改斋漫录》）

归朝欢 和苏坚伯固

我梦扁舟浮震泽，雪浪摇空千顷白。觉来满眼是庐山，倚天无数开青壁。此生长接淅，与君同是江南客。梦中游，觉来清赏，同作飞梭掷。

明日西风还挂席，唱我新词泪沾臆。灵均去后楚山空，澧阳兰芷无颜色。君才如梦得，武陵更在西南极。《竹枝词》，莫傜新唱，谁谓古今隔。

◎今吴县南太湖，即震泽是也。（《尔雅》郭璞注）

◎将相功名终若何，不堪急景似奔梭。人间万事君休问，且向樽前听艳歌。（宋寇准《和倩桃》）

◎明晨挂帆席，离恨满沧波。（唐李白《金陵江上遇蓬池隐者》）

◎人生有情泪沾臆，江草江花岂终极。（唐杜甫《哀江头》）

◎灵均：屈原字。

◎《竹枝》本出于巴渝。唐贞元中，刘禹锡在沅湘，以俚歌鄙陋，乃依骚人《九歌》作《竹枝》新辞九章，教里中儿歌之，由是盛于贞元、元和之间。（《乐府诗集》）

◎长沙郡有夷蜑，名莫傜，自言其先祖有功，常免征役，故以为名。（《隋书·地理志》）

◆甲戌（1094）闰四月，告下，落端明殿学士，兼翰林侍读学士，依前左朝奉郎，知英州军州事。又告下，降充左承议郎，仍知英州。又告下合叙，复曰不得与叙，仍知英州。六月告下，落左承议郎，责授建昌军司马，惠州安置。七月，达九江，与苏坚别作。（清王文诰《苏诗总案》）

木兰花令

宿造口，闻夜雨，寄子由、才叔。

梧桐叶上三更雨，惊破梦魂无觅处。

夜凉枕簟已知秋，更听寒蛩促机杼。

梦中历历来时路，犹在江亭醉歌舞。尊前必有问君人，为道别来心与绪。

◎梧桐树，三更雨，不道离情正苦。一叶叶，一声声，空阶滴到明。（唐温庭筠《更漏子》）

浣溪沙

绍圣元年十月二十三日，与程乡令侯晋叔、归善簿谭汲同游大云寺，野饮松下，仍设松黄汤，作此阕。余近酿酒，名之曰“万家春”，盖岭南万户酒也。

罗袜空飞洛浦尘，锦袍不见谪仙人。携壶藉草亦天真。

玉粉轻黄千岁药，雪花浮动万家春。醉归江路野梅新。

◎凌波微步，罗袜生尘。（三国魏曹植《洛神赋》）

临江仙 惠州改前韵

九十日春都过了，贪忙何处追游。三分春色一分愁。雨翻榆荚阵，风转柳花球。

我与使君皆白首，休夸年少风流。佳

人斜倚合江楼。水光都眼净，山色总眉愁。

◎三分春色，一分愁闷，一分风雨。（宋叶道卿《贺圣朝》）

殢人娇 赠朝云

白发苍颜，正是维摩境界。空方丈、散花何碍。朱唇箸点，更髻鬟生彩。这些个、千生万生只在。

好事心肠，着人情态。闲窗下、敛云凝黛。明朝端午，待学纫兰为佩。寻一首好诗，要书裙带。

◎毗耶离城中，有长者名维摩诘，虽为白衣，持奉沙门清净律行，虽处居家，不着三界，亦有妻子，常修梵行。（《维摩诘经》）

◎天女以天花散诸菩萨，即皆堕落。至大弟子，便着不堕。天女曰："结习未尽，故花着身。结习尽者，花不着身。"（《维摩诘经》）

◎纫秋兰以为佩。（战国屈原《离骚》）

西江月

玉骨那愁瘴雾，冰姿自有仙风。海仙时遣探芳丛，倒挂绿毛么凤。

《西江月》（玉骨那愁瘴雾）词意图

素面常嫌粉涴，洗妆不褪唇红。高情已逐晓云空，不与梨花同梦。

◎么凤，惠州梅花上珍禽，名倒挂子，似绿毛凤而小，其矢亦香，俗人蓄之帐中。东坡《西江月》云“倒挂绿毛么凤”是也。（清沈雄《古今词话》）

◆丙子（1096）十月，梅开作。（清王文诰《苏诗总案》）

◆东坡《蝶恋花》词云：“花褪残红青杏小。燕子飞时，绿水人家绕。枝上柳绵吹又少，天涯何处无芳草。　墙里秋千墙外道。墙外行人，墙里佳人笑。笑渐不闻声渐悄，多情却被无情恼。”东坡渡海，惟朝云王氏随行，日诵“枝上柳绵”二句，为之流泪，病极犹不释口。东坡作《西江月》悼之。（宋惠洪《冷斋夜话》）

◆东坡贬惠州归，晁以道见公“海山时遣探芳丛，倒挂绿毛么凤”，便道：“此老须得过海，只为古今人不能道及，应教罚去。”（清沈雄《古今词话》引《太平乐府》）

减字木兰花 己卯儋耳春词

春牛春杖，无限春风来海上。便丐春工，染得桃红似肉红。

春幡春胜，一阵春风吹酒醒。不似天涯，卷起杨花似雪花。

◎立春之日，立青幡于门外。（《续汉礼仪志》）

◎人日造华胜相遗，象瑞图金胜之形，又象西王母戴胜。（晋贾充《典戒》）

◆己卯（1099）立春日作。（宋傅藻《东坡纪年录》）

鹧鸪天

陈公密出侍儿素娘，歌《紫玉箫》曲劝老人酒，老人饮尽，为赋此词。

笑捻红梅亸翠翘，扬州十里最妖娆。
夜来绮席亲曾见，撮得精神滴滴娇。
娇后眼，舞时腰，刘郎几度欲魂消。
明朝酒醒知何处，肠断云间《紫玉箫》。

◎春风十里扬州路，卷上珠帘总不如。（唐杜牧《赠别》）

◆元符三年（1100）庚辰五月，告下，仍以琼州别驾廉州安置。七月，迁舒州团练副使，永州居住。十一月，复朝奉郎，提举成都玉局观，在外州军任便居住。十二月，抵韶州，陈公密出素娘佐酒，为赋《鹧鸪天》词。（清王文诰《苏诗总案》）

苏轼词集卷三

水龙吟

小沟东接长江，柳堤苇岸连云际。烟村潇洒，人间一哄，渔樵早市。永昼端居，寸阴虚度，了成何事。但丝莼玉藕，珠杭锦鲤，相留恋，又经岁。

因念浮丘旧侣，惯瑶池、羽觞沉醉。青鸾歌舞，铢衣摇曳，壶中天地。飘堕人间，步虚声断，露寒风细。抱素琴独向，银蟾影里，此怀难寄。

◎杭，籼稻也。（《玉篇》）

◎昆仑阆风苑有玉楼十二，玄台九层，左瑶池，右翠水，有弱水九重，盖不可到。（《神仙传》）

◎贞观中，岑文本于山顶避暑，有叩门云上清童子。岑问曰："衣服皆轻细，何土所出？"答云："此上清五铢服。"又问曰："比闻六铢者天人衣，何五铢之异？"答云："尤细者则五铢也。"出门忽不见，惟见古钱一枚。（《博异志》）

◎（费）长房曾为市掾，市中有老翁卖药，悬一壶于肆头，及市罢，辄跳入壶中，市人莫之见。唯长房于楼上睹之，异焉，因往，再拜奉酒脯。翁知长房之意其神也，谓之曰："子明日可更来。"长房旦日复诣翁，翁乃与俱入壶中，唯见玉堂严丽，旨酒甘肴盈衍其中。共饮毕而出，翁约不听与人言之。（《后汉书·费长房传》）

◆有声画，无声诗，胥在其中。（郑文焯手批《东坡乐府》）

又

露寒烟冷蒹葭老，天外征鸿寥唳。银河秋晚，长门灯悄，一声初至。应念潇湘，岸遥人静，水多菰米。□望极平田，徘徊欲下，依前被，风惊起。

须信衡阳万里，有谁家、锦书遥寄。万重云外，斜行横阵，才疏又缀。仙掌月明，石头城下，影摇寒水。念征衣未捣，佳人拂杵，有盈盈泪。

◎蒹葭苍苍，白露为霜。（《诗经·秦风·蒹葭》）

满庭芳

蜗角虚名，蝇头微利，算来着甚干忙。事皆前定，谁弱又谁强。且趁闲身未老，须放我、些子疏狂。百年里，浑教是醉，三万六千场。

思量，能几许，忧愁风雨，一半相妨。又何须抵死，说短论长。幸对清风皓月，苔茵展、云幕高张。江南好，千钟美酒，一曲《满庭芳》。

◎有国于蜗之左角者，曰触氏，有国于蜗之右角者，曰蛮氏。时相与战，伏尸数万，逐北旬有五日而后反。（《庄子·则阳》）

◎干忙：犹言空忙也。

◎昔平原君与子高饮，强子高酒，曰："昔有遗谚：'尧舜千钟，孔子百觚。子路嗑嗑，尚饮十榼。'古之圣贤，无不能饮也。"（《孔丛子·儒服》）

永遇乐

天末山横，半空箫鼓，楼观高起。指点裁成，东风满院，总是新桃李。纶巾羽扇，一尊饮罢，目送断鸿千里。揽清歌、

《满庭芳》（蜗角虚名）词意图

馀音不断，缥缈尚萦流水。

年来自笑无情，何事犹有，多情遗思。绿鬓朱颜，匆匆拚了，却记花前醉。明年春到，重寻幽梦，应在乱莺声里。拍阑干、斜阳转处，有谁共倚。

◎伯牙鼓琴，钟子期听之，方鼓琴，志在山，钟子期曰："善哉鼓琴，巍巍乎如太山。"志在流水，钟子期曰："善哉鼓琴，洋洋乎若江河。"（《韩诗外传》）

雨中花慢

邃院重帘何处，惹得多情，愁对风光。睡起酒阑花谢，蝶乱蜂忙。今夜何人，吹笙北岭，待月西厢。空怅望处，一株红杏，斜倚低墙。

羞颜易变，傍人先觉，到处被着猜防。谁信道、些儿恩爱，无限凄凉。好事若无间阻，幽欢却是寻常。一般滋味，就中香美，除是偷尝。

◎待月西厢下，迎风户半开。拂墙花影动，疑是玉人来。（唐元稹《莺莺传》）

又

嫩脸羞蛾因甚，化作行云，却返巫阳。但有寒灯孤枕，皓月空床。长记当初，乍谐云雨，便学鸾凰。又岂料正好，三春桃李，一夜风霜。

丹青□画，无言无笑，看了漫结愁肠。襟袖上、犹存残黛，渐减馀香。一自醉中忘了，奈何酒后思量。算应负你，枕前珠泪，万点千行。

一丛花初春病起

今年春浅腊侵年，冰雪破春妍。东风有信无人见，露微意、柳际花边。寒夜纵长，孤衾易暖，钟鼓渐清圆。

朝来初日半衔山，楼阁淡疏烟。游人便作寻芳计，小桃杏、应已争先。衰病少悰，疏慵自放，惟爱日高眠。

三部乐

美人如月，乍见掩暮云，更增妍绝。算应无恨，安用阴晴圆缺。娇甚空只成愁，待下床又懒，未语先咽。数日不来，落尽一庭红叶。

今朝置酒强起，问为谁减动，一分香雪。何事散花却病，维摩无疾，却低眉、惨然不答。唱《金缕》、一声怨切。堪折便折，且惜取、年少花发。

◎不应有恨事，娇甚却成愁。（唐刘禹锡《三阁》）

◎自从别后减容光，万转千回懒下床。（唐元稹《莺莺传》）

◎维摩诘尝以方便现身有疾，以其疾故，无数千人，皆往问疾。（《维摩诘经》）

◎劝君莫惜金缕衣，劝君须惜少年时。花开堪折君须折，莫待无花空折枝。（唐杜秋娘《金缕衣》）

无愁可解

国工花日新作越调《解愁》，洛阳刘几伯寿闻而悦之，戏作俚语之词，天下传咏，以为几于达者。龙丘子犹笑之："此虽免乎愁，犹有所解也。若夫游于自然而托于不得已，人乐亦乐，人愁亦愁，彼且恶乎解哉？"乃反其词，作《无愁可解》云。

光景百年，看便一世，生来不识愁味。问愁何处来，更开解个甚底。万事从来风过耳，何用不着心里。你唤做、展却眉头，便是达者，也则恐未。

此理，本不通言，何曾道、欢游胜如名利。道即浑是错，不道如何即是。这里元无我与你，甚唤做、物情之外？若须待醉了，方开解时，问无酒、怎生醉。

◎刘伯寿，洛阳九老之一也。筑室嵩山玉华峰下，号玉华庵主。（宋朱弁《风月堂诗话》）

◎刘几在神宗时，与范蜀公重定大乐。洛阳花品曰状元红，为一时之冠。乐工花日新能为新声，汴妓部懿以色著，秘监致仕刘伯寿精音律。熙宁中，几携花日新就部懿家赏花欢咏，乃撰此曲。（明陈耀文《花草粹编》）

贺新郎

乳燕飞华屋，悄无人、桐阴转午，晚凉新浴。手弄生绡白团扇，扇手一时似玉。渐困倚、孤眠清熟。帘外谁来推绣户，枉教人梦断瑶台曲。又却是，风敲竹。

石榴半吐红巾蹙。待浮花、浪蕊都尽，伴君幽独。秾艳一枝细看取，芳心千重似束。又恐被、秋风惊绿。若待得君来向此，花前对酒不忍触。共粉泪，两簌簌。

◎《团扇歌》者，中书令王珉与嫂婢有情，爱好甚笃。嫂捶挞婢过苦，婢素善歌，而珉好捉白团扇，故制此歌。

《贺新郎》（乳燕飞华屋）词意图

乐府《团扇郎歌》："白团扇，憔悴非昔容，羞与郎相见。"（《晋书·乐志》）

◎开门风动竹，疑是故人来。（唐李益《竹窗闻风寄苗发司空曙》）

◎山榴花似结红巾，容艳新妍占断春。（唐白居易《题孤山寺石榴花示众僧》）

◎浮花浪蕊镇长有，才开还落瘴雾中。（唐韩愈《杏花》）

◆《古今词话》云：苏子瞻守钱唐，有官妓秀兰天性黠慧，善于应对。湖中有宴会，群妓毕至，惟秀兰不来，遣人督之，须臾方至。子瞻问其故，具以发结沐浴，不觉困睡，忽有人叩门声，急起而问之，乃乐营将催督之。非敢怠忽，谨以实告。子瞻亦恕之。坐中倅车属意于兰，见其晚来，恚恨未已，责之曰："必有他事，以此晚至。"秀兰力辩，不能止倅之怒。是时榴花盛开，秀兰以一枝藉手告倅，其怒愈甚，秀兰收泪无言。子瞻作《贺新凉》以解之，其怒始息。其词云云。子瞻之作，皆目前事，盖取其沐浴新凉，曲名《贺新凉》也。后人不知之，误为《贺新郎》，盖不得子瞻之意也。子瞻真所谓风流太守也，岂可与俗吏同日语哉？苕溪渔隐曰：野哉，杨湜之言，真可入《笑林》矣。东坡此词，冠绝古今，托意高远，宁为一娼而发耶？"帘外谁来推绣户，枉教人梦断瑶台曲。又却是，风敲竹"，用古诗"卷帘风动竹，疑是故人来"之意。今乃云忽有人叩门声，急起而问之，乃乐营将催督。此可笑者一也。"石榴半吐红巾蹙。待浮花、浪蕊都尽，伴君幽独。秾艳一枝细看取，芳意千重似束"，盖初夏之时，千花事退，榴花独芳，因以申写幽闺之情。今乃云是时榴花盛开，秀兰以一枝藉手告倅，其怒愈甚，此可笑者二也。此词腔调寄《贺新郎》，乃古曲名也。今乃云取其沐浴新凉，曲名《贺新凉》，后人不知之，误为《贺新郎》。此可笑者三也。《词话》中可笑者甚众，姑举其尤者。第东坡此词深为不幸，横遭点污，吾不可无一言雪其耻。宋子京云：江左有文拙而好刻石者，谓之詅痴符。今杨湜之言俚甚，而锓板行世，殆类是也。（宋胡仔《苕溪渔隐丛话》）

◆东坡《贺新郎》，在杭州万顷寺作。寺有榴花树，故词中云石榴。又是日有歌者昼寝，故词中云“渐困倚、孤眠清熟”。其真本云“乳燕栖华屋”，今本作“飞”字，非是。（宋曾季狸《艇斋诗话》）

◆东坡《贺新郎》词“乳燕飞华屋”云云，后段“石榴半吐红巾蹙”以下皆咏榴，别一格也。（元吴师道《吴礼部诗话》）

哨遍

睡起画堂，银蒜押帘，珠幕云垂地。初雨歇，洗出碧罗天，正溶溶养花天气。一霎暖风回芳草，荣光浮动，卷皱银塘水。方杏靥匀酥，花须吐绣，园林排比红翠。见乳燕捎蝶过繁枝，忽一线炉香逐游丝。昼永人闲，独立斜阳，晚来情味。

便乘兴携将佳丽，深入芳菲里。拨胡琴语，轻拢漫捻总伶俐。看紧约罗裙，急趣檀板，《霓裳》入破惊鸿起。颦月临眉，醉霞横脸，歌声悠扬云际。任满头红雨落花飞。渐鳷鹊楼西玉蟾低，尚徘徊、未尽欢意。君看今古悠悠，浮幻人间世。这些百岁光阴几日，三万六千而已。醉乡路稳不妨行，但人生、要适情耳。

◎幔绳金麦穗，帘钩银蒜条。（北朝庾信《梦入堂内》）

◎炉烟细细驻游丝。（唐杜甫《宣政殿退朝晚出左掖》）

◎纡修袂而将举，似惊鸿之欲翔。（唐谢偃《舞赋》）

◎况是青春日将暮，桃花乱落如红雨。（唐李贺《将进酒》）

◎三万六千：注见卷一《南乡子》“东武望馀杭”。

木兰花令

元宵似是欢游好，何况公庭民讼少。万家游赏上春台，十里神仙迷海岛。

平原不似高阳傲，促席雍容陪语笑。坐中有客最多情，不惜玉山拚醉倒。

◎众人熙熙，如登春台。（《老子》）

◎平原君赵胜者，赵之诸公子也。诸子中胜最贤，喜宾客，盖至者数千人。（《史记·平原君列传》）

◎沛公（刘邦）引兵过陈留，郦生踵军门上谒，使者入通，沛公曰：“为我谢之，言我方以天下为事，未暇见儒人也。”使者出谢，郦生瞋目按剑叱曰：“走！复入言而公，吾高阳酒徒也，非儒人也。”（《史记·郦生传》）

◎清风明月不用一钱买，玉山自倒非人推。（唐李白《襄阳歌》）

又

经旬未识东君信，一夕薰风来解愠。红绡衣薄麦秋寒，绿绮韵低梅雨润。

瓜头绿染山光嫩，弄色金桃新傅粉。日高慵卷水晶帘，犹带春醪红玉困。

◎楚王有琴曰绕梁，司马相如有绿绮，蔡邕有焦尾，皆名器也。（晋傅玄《琴赋序》）

又

高平四面开雄垒，三月风光初觉媚。园中桃李使君家，城上亭台游客醉。

歌翻《杨柳》金尊沸，饮散凭阑无限意。云深不见玉关遥，草细山重残照里。

◎古歌旧曲君休听，听取新翻《杨柳枝》。（唐白居易《杨柳枝》）

西江月

闻道双衔凤带，不妨单着鲛绡。夜香知与阿谁烧，怅望水沉烟袅。

云鬓风前绿卷，玉颜醉里红潮。莫教空度可怜宵，月与佳人共僚。

◎新人桥上着春衫，旧主江边侧帽檐。愿得化为红绶带，许教双凤一时衔。（唐李商隐《饮席代官妓赠两从事》）

◎南海之外有鲛人，水居，亦谓之泉客。织轻绡于泉室，出以卖之，价千金。（《搜神记》）

◎月出皎兮，佼人僚兮。（《诗经·陈风·月出》。毛传：僚，好貌。）

华清引

平时十月幸莲汤，玉甃琼梁。五家车马如水，珠玑满路旁。

翠华一去掩方床，独留烟树苍苍。至今清夜月，依前过缭墙。

◎华清宫有莲华汤，即贵妃沐浴之室也。以玉石为之。（《杨妃外传》）

◎每十月，帝幸华清宫，五宅车骑皆从。家别为队，队一色，俄五家队合，烂若万花川谷，团成锦绣。国忠导

以剑南旌节，遗钿堕舄，琴瑟玑琲，狼籍于道，香闻数十里。（《杨妃外传》）

◎马太后曰："前过濯龙门上，见外家门起居者，车如流水，马如游龙。顾视御者，不及远矣。虽不加谴怒，但绝岁用，冀以默愧其心耳。"（《后汉书·明德马皇后纪》）

◎绣岭明珠殿，层峦下缭墙。（唐杜牧《华清宫》）

苏幕遮咏选仙图

暑笼晴，风解愠，雨后馀清，暗袭衣裾润。一局选仙逃暑困，笑指尊前，谁向青霄近。

整金盆，轮玉笋。凤驾鸾车，谁敢争先进。重五休言升最紧。纵有碧油，到了输堂印。

◎今俗集古仙人作图为赌钱之戏，用骰子比色，先为散仙，次升上洞，以渐而至蓬莱、大罗等，列则众仙庆贺……此戏宋时已有。（清西厓《谈徵·事部·选仙图》）

◎重五、碧油、堂印：皆选仙彩名。

乌夜啼

莫怪归心速，西湖自有蛾眉。若见故人须细说，白发倍当时。

小郑非常强记，二南依旧能诗。更有鲈鱼堪切脍，儿辈莫教知。

◎郑述祖仕齐，与父皆为兖州刺史。歌曰："大郑公，小郑公，相去五十载，风教犹尚同。"（《北史·郑述祖传》）

◎二南：湖妓有周、召者，号二南。

◎齐王辟（张翰）为大司马东曹掾，因秋风起，思吴中菰菜、莼羹、鲈鱼脍，曰："人生贵得适意，何为羁宦数千里，以要名爵乎？"遂命驾归。（《晋书·张翰传》）

临江仙

诗句端来磨我钝，钝锥不解生铓。欢颜为我解冰霜。酒阑清梦觉，春草满池塘。

应念雪堂坡下老，昔年共采芸香。功成名遂早还乡。回车来过我，乔木拥千章。

◎梅陶及钟雅好谈辩，纳辄困之，因谓曰："君汝颍之士，利如锥，我幽冀之士，钝如槌。持我钝槌，捶君利锥，皆当摧矣。"陶、雅并称有神锥，不可得捶。纳曰："假有神锥，必有神槌。"雅无以对。（《晋书·祖纳传》）

又 送王缄

忘却成都来十载，因君未免思量。凭

将清泪洒江阳。故山知好在，孤客自悲凉。

坐上别愁君未见，归来欲断无肠。殷勤且更尽离觞。此身如传舍，何处是吾乡？

◎祖价遇鬼，鬼作思家诗云：“佳人应有梦，远客已无肠。”（《太平广记》）

◎平恩侯许伯入第，盖宽饶贺之。酒酣，（盖）宽饶仰视屋而叹曰：“美哉！然富贵无常，忽则易人。此如传舍，所阅多矣，惟谨慎为能得久。君侯可不戒哉？”（《汉书·盖宽饶传》）

又

夜到扬州，席上作。

尊酒何人怀李白，草堂遥指江东。珠帘十里卷香风。花开花谢，离恨几千重。

轻舸渡江连夜到，一时惊笑衰容。语音犹自带吴侬。夜阑对酒，依旧梦魂中。

◎何时一尊酒，重与细论文。（唐杜甫《春日忆李白》）

◎珠帘：注见卷一《江城子》“玉人家在凤凰山”。

又

冬夜夜寒冰合井，画堂明月侵帏。青

釭明灭照悲啼。青釭挑欲尽，粉泪裛还垂。

未尽一尊先掩泪，歌声半带清悲。情声两尽莫相违。欲知肠断处，梁上暗尘飞。

◎唐武宗疾笃，迁便殿，孟才人以笙歌获宠者，密侍其右。上目之曰："吾当不讳，尔何为哉？"指笙囊泣曰："请以此就缢。"上恻然。复曰："妾尝艺歌，愿对上歌一曲，以泄其愤。"上以其恳，许之。乃歌一声《河满子》，气亟立殒。上令医候之，曰："脉尚温而肠已断。"（唐张祜《孟才子叹》）

◎冬夜夜寒觉夜长，沉吟久坐坐北堂。冰合井，月入闺，青釭明灭照悲啼。青釭灭，啼转多，掩妾泪，听君歌。歌有声，妾有情，情声相合两无违。一语不入意，从君万曲梁尘飞。（唐李白《夜坐吟》）

又 赠王友道

谁道东阳都瘦损，凝然点漆精神。瑶林终自隔风尘。试看披鹤氅，仍是谪仙人。

省可清言挥玉麈，真须保器全真。风流何似道家纯。不应同蜀客，惟爱卓文君。

◎东阳：即沈约，曾为东阳太守。

◎为凭何逊休联句，瘦尽东阳姓沈人。（唐李商隐《韩冬郎即席为诗相送……因成二绝寄酬兼呈畏之员外》）

◎王羲之见而目之曰："肤若凝脂，眼如点漆，此神仙人也。"（《晋书·杜乂传》）

◎王戎云："太尉神姿高彻，如瑶林琼树，自然是风尘外物。"（《世说新语·赏誉》）

◎（王恭）尝披鹤氅裘，涉雪而行，孟昶窥见之，叹曰："此真神仙中人也。"（《晋书·王恭传》）

又

昨夜渡江何处宿，望中疑是秦淮。月明谁起笛中哀。多情王谢女，相逐过江来。

云雨未成还又散，思量好事难谐。凭陵急桨两相催。想伊归去后，应似我情怀。

渔家傲 送张元康省亲秦州

一曲《阳关》情几许，知君欲向秦川去。白马皂貂留不住。回首处，孤城不见天霏雾。

到日长安花似雨，故关杨柳初飞絮。渐见靴刀迎夹路。谁得似，风流膝上王文度。

◎孤城隐雾深。（唐杜甫《野望》）

又

临水纵横回晚鞚，归来转觉情怀动。梅

笛烟中闻几弄。秋阴重，西山雪淡云凝冻。

美酒一杯谁与共，尊前舞雪狂歌送。腰跨金鱼旌旆拥。将何用，只堪妆点浮生梦。

定风波 重阳括杜牧之诗

与客携壶上翠微，江涵秋影雁初飞。尘世难逢开口笑，年少，菊花须插满头归。

酩酊但酬佳节了，云峤，登临不用怨斜晖。古往今来谁不老，多少，牛山何必更沾衣。

◎山未半曰翠微。（《尔雅》）

◎齐景公游于牛山，北临其国城而流涕，曰："美哉国乎！郁郁芊芊，若何滴滴去此国而死乎？使古无死者，寡人将去斯而之何？"史孔、梁丘据从之泣，晏子独笑于旁。公雪涕而顾晏子曰："寡人今日之游悲，孔与据皆从而泣，子之独笑何也？"晏子对曰："使贤者常守之，则太公、桓公将常守之矣。使有勇者而常守之，则庄公、灵公将常守之矣。数君者将守之，吾君方将被蓑笠而立乎畎亩之中，惟事之恤，何暇念死乎？此臣之所以独窃笑也。"景公惭焉。（《晏子春秋·内篇·谏上》）

◆江涵秋影雁初飞，与客携壶上翠微。尘世难逢开口笑，菊花须插满头归。但将酩酊酬佳节，不用登临怨落晖。古往今来只如此，牛山何必泪沾衣。（唐杜牧《九日齐安登高》）

又

莫怪鸳鸯绣带长，腰轻不胜舞衣裳。薄幸只贪游冶去，何处，垂杨系马恣轻狂。

花谢絮飞春又尽，堪恨，断弦尘管伴啼妆。不信归来但自看，怕见，为郎憔悴却羞郎。

◎新丰美酒斗十千，洛阳游侠多少年。相逢意气为君饮，系马高楼柳树边。（唐王维《年少行》）

◎桓帝元嘉中，妇女作愁眉啼妆。啼妆者，薄拭目下若啼处。（《后汉书·五行志》）

又咏红梅

好睡慵开莫厌迟，自怜冰脸不时宜。偶作小红桃杏色，闲雅，尚馀孤瘦雪霜姿。

休把闲心随物态，何事，酒生微晕沁瑶肌。诗老不知梅格在，吟咏，更看绿叶与青枝。

南乡子

冰雪透香肌，姑射仙人不似伊。濯锦江头新样锦，非宜，故着寻常淡薄衣。

暖日下重帏，春睡香凝索起迟。曼倩

风流缘底事，当时，爱被西真唤作儿。

◎画罗金缕难相见，故着寻常淡薄衣。（唐张籍《倡女词》）

◎西王母尝见帝于承华殿，东方朔（字曼倩）从青琐窃窥之，王母笑指朔曰："仙桃三熟，此儿已三偷之矣。"（《汉武帝故事》。西真，西王母。）

又双荔支

天与化工知，赐得衣裳总是绯。每向华堂深处见，怜伊，两个心肠一片儿。

自小便相随，绮席歌筵不暂离。苦恨人人分拆破，东西，怎得成双似旧时。

又集句

寒玉细凝肤吴融，清歌一曲倒金壶郑谷。冶叶倡条遍相识李商隐，争如，豆蔻花梢二月初杜牧。

年少即须臾白居易，芳时偷得醉工夫白居易。罗帐细垂银烛背韩偓，欢娱，豁得平生俊气无杜牧。

又

怅望送春杯杜牧，渐老逢春能几回杜甫。花满楚城愁远别许浑，伤怀，何况清丝急管催刘禹锡。

吟断望乡台李商隐，万里归心独上来许浑。景物登临闲始见杜牧，徘徊，一寸相思一寸灰李商隐。

又

何处倚阑干杜牧，弦管高楼月正圆杜牧。胡蝶梦中家万里崔涂，依然，老去愁来强自宽杜甫。

明镜借红颜李商隐，须着人间比梦间韩愈。蜡烛半笼金翡翠李商隐，更阑，绣被焚香独自眠李商隐。

菩萨蛮

七夕黄州朝天门上二首。

画檐初挂弯弯月，孤光未满先忧缺。遥认玉帘钩，天孙梳洗楼。

佳人言语好，不愿求新巧。此恨固应知，愿人无别离。

◎织女者，天孙女也。（《史记·天官书》）

又

风回仙驭云开扇，更阑月堕星河转。枕上梦魂惊，晓来疏雨零。

相逢虽草草，长共天难老。终不羡人间，人间日似年。

又

城隅静女何人见，先生日夜歌彤管。谁识蔡姬贤，江南顾彦先。

先生那久困，汤沐须名郡。惟有谢夫人，从来是拟伦。

◎静女其姝，俟我于城隅。爱而不见，搔首踟蹰。静女其娈，贻我彤管。彤管有炜，悦怿女美。（《诗经·邶风·静女》）

◎陈留董祀妻者，同郡蔡邕之女也，名琰，字文姬。博学有才辩，又妙于音律。适河东卫仲道，夫亡无子，归宁于家。兴平中，天下丧乱，文姬为胡骑所获，没于南匈奴左贤王。在胡中十二年，生二子。曹操素与邕善，痛其无嗣，乃遣使者以金璧赎之，而重嫁于祀。（《后汉书·列女传》）

◎（顾）荣字彦先，吴国吴人也，为南土著姓。机神朗悟，弱冠仕吴为黄门侍郎。吴平，与陆机兄弟同入洛，时人号为“三俊”。荣素好琴，及卒，家人常置琴于灵座。吴郡张翰哭之恸，既而上床，鼓琴数曲，抚琴而叹曰：“顾彦先，复能赏此不?”因又恸哭，不吊丧主而去。（《晋书·顾荣传》）

◎王凝之妻谢氏字道蕴，安西将军奕之女也，聪识有才辩。初，同郡张玄妹亦有才质，适于顾氏，玄每称之，以敌道蕴。有济尼者，游于二家，或问之，济尼答曰：“王夫人神情散朗，故有林下风气。顾家妇清心玉映，自是闺房之秀。”（《晋书·列女传》）

又

绣帘高卷倾城出，灯前潋滟横波溢。皓齿发清歌，春愁入翠蛾。

凄音休怨乱，我已无肠断。遗响下清虚，累累一串珠。

◎响下清虚里。（唐杜甫《听杨氏歌》）

◎歌者上如抗，下如坠，曲如折，止如槁木，倨中矩，句中钩，累累乎端如贯珠。（《礼记·乐记》）

又回文

落花闲院春衫薄，薄衫春院闲花落。迟日恨依依，依依恨日迟。

梦回莺舌弄，弄舌莺回梦。邮便问人

羞，羞人问便邮。

又

火云凝汗挥珠颗，颗珠挥汗凝云火。琼暖碧纱轻，轻纱碧暖琼。

晕腮嫌枕印，印枕嫌腮晕。闲照晚妆残，残妆晚照闲。

又

峤南江浅红梅小，小梅红浅江南峤。窥我向疏篱，篱疏向我窥。

老人行即到，到即行人老。离别惜残枝，枝残惜别离。

又回文四时闺怨

翠鬟斜幔云垂耳，耳垂云幔斜鬟翠。春晚睡昏昏，昏昏睡晚春。

细花梨雪坠，坠雪梨花细。颦浅念谁人，人谁念浅颦。

又

柳庭风静人眠昼，昼眠人静风庭柳。

香汗薄衫凉，凉衫薄汗香。

手红冰碗藕，藕碗冰红手。郎笑藕丝长，长丝藕笑郎。

又

井桐双照新妆冷，冷妆新照双桐井。羞对井花愁，愁花井对羞。

影孤怜夜永，永夜怜孤影。楼上不宜秋，秋宜不上楼。

又

雪花飞暖融香颊，颊香融暖飞花雪。欺雪任单衣，衣单任雪欺。

别时梅子结，结子梅时别。归不恨开迟，迟开恨不归。

又

娟娟侵鬓妆痕浅，双颦相媚弯如剪。一瞬百般宜，无论笑与啼。

酒阑思翠被，特故腾腾地。生怕促归轮，微波先泥人。

又 咏足

涂香莫惜莲承步，长愁罗袜凌波去。只见舞回风，都无行处踪。

偷穿宫样稳，并立双趺困。纤妙说应难，须从掌上看。

◎东昏侯凿金为莲花以贴地，令潘妃行其上，曰："此步步生莲花也。"（《南史·齐本纪下》）

又

玉镮坠耳黄金饰，轻衫罩体香罗碧。缓步困春醪，春融脸上桃。

花钿从委地，谁与郎为意。长爱月华清，此时憎月明。

浣溪沙 重九

珠桧丝杉冷欲霜，山城歌舞助凄凉。且餐山色饮湖光。

共挽朱轓留半日，强揉青蕊作重阳。不知明日为谁黄。

◎檐前甘菊移时晚，青蕊重阳不堪摘。明日萧条尽醉醒，残花烂熳开何益。（唐杜甫《叹庭前甘菊花》）

又

霜鬓真堪插拒霜，哀弦危柱作《伊》《凉》。暂时流转为风光。

未遣清尊空北海，莫因长笛赋山阳。金钗玉腕泻鹅黄。

◎《伊》《凉》：唐开元二十四年，升胡部乐于堂上。而天宝乐曲，皆以边地名，《凉州》、《伊州》、《甘州》之类是也。

◎余与嵇康、吕安居止接近，其人并有不羁之才，然嵇志远而疏，吕心旷而放，其后各以事见法。余逝将西迈，经其旧庐，邻人有吹笛者，发声寥亮。追思曩昔游宴之好，感音而叹。赋云："济黄河以泛舟兮，经山阳之旧居。"（晋向秀《思旧赋序》）

◎鹅黄：酒色。

又

傅粉郎君又粉奴，莫教施粉与施朱。自然冰玉照香酥。

有客能为《神女赋》，凭君送与雪儿书。梦魂东去觅桑榆。

◎韩定辞，不知何许人。为镇州王镕书记，聘燕帅刘仁裕女，舍于宾馆，命幕客马郁延接。一日燕会，韩即席有诗赠郁曰："崇霞台上神仙客，学辨痴龙艺最多。盛德好将银管述，丽词堪与雪儿歌。"坐中诸宾靡不钦讶，称为妙句。他日郁从容问韩以雪儿之事，韩曰："雪儿，孝密之爱姬（或云孝齐），能歌舞，每见宾僚文章有奇丽中意者，即付雪儿协音律以歌之。"（宋阮阅《诗话总龟》）

又 咏橘

菊暗荷枯一夜霜，新苞绿叶照林光。竹篱茅舍出青黄。

香雾噀人惊半破，清泉流齿怯初尝。吴姬三日手犹香。

◎绿叶迎露滋，朱苞待霜润。（南朝沈约《橘》）

◎知君独卧思新橘，始摘犹酸亦未黄。书后欲题三百颗，洞庭须待满林霜。（唐韦应物《答郑骑曹求青橘》）

又

道字娇讹语未成，未应春阁梦多情。朝来何事绿鬟倾。

彩索身轻长趁燕，红窗睡重不闻莺。困人天气近清明。

◎道字不正娇唱歌。（唐李白《对酒》）

◎趁燕：戏秋千也。妇女体轻，高低往来如飞燕。

◆苏子瞻有“铜琶铁板”之讥，然其《浣溪沙》“春闺”曰：“彩索身轻常趁燕，红窗睡重不闻莺。”如此风调，令十七八女郎歌之，岂在“晓风残月”之下？（清贺裳《皱水轩词筌》）

又

桃李溪边驻画轮，鹧鸪声里倒清尊。夕阳虽好近黄昏。

香在衣裳妆在臂，水连芳草月连云。几时归去不销魂。

◎花月楼台近九衢，笙歌一曲倒金壶。坐中亦有江南客，莫向春风唱鹧鸪。（唐郑谷《席上贻歌者》）

◎夕阳无限好，只是近黄昏。（唐李商隐《乐游原》）

◎张生与崔氏谐遇，张生飘飘然，且疑神仙之徒，不为从人间至矣。有顷，寺钟鸣，红娘促起，崔氏娇啼宛转，红娘拥之而去。张生辨色而兴，自疑于心曰：“岂其梦耶？”所可明者，妆在臂，香在衣，泪光荧荧然，犹莹于茵席而已。（唐元稹《莺莺传》）

又

四面垂杨十里荷，问云何处最花多？画楼南畔夕阳过。

天气乍凉人寂寞，光阴须得酒消磨。

且来花里听笙歌。

又彭门送梁左藏

怪见眉间一点黄，诏书催发羽书忙。从教娇泪洗红妆。

上殿云霄生羽翼，论兵齿颊带风霜。归来衫袖有天香。

又送梅庭老赴上党学官

门外东风雪洒裾，山头回首望三吴。不应弹铗为无鱼。

上党从来天下脊，先生元是古之儒。时平不用鲁连书。

◎弹铗：注见卷二《满庭芳》“归去来兮”。

◎燕将攻下聊城，聊城人或谗之燕，燕将惧诛，因保守聊城，不敢归。齐田单攻聊城，岁馀，士卒多死而聊城不下。鲁连乃为书，约之矢以射城中，遗燕将。（《史记·鲁仲连传》）

又端午

轻汗微微透碧纨，明朝端午浴芳兰。流香涨腻满晴川。

彩线轻缠红玉臂，小符斜挂绿云鬟。佳人相见一千年。

◎浴兰：注见卷一《少年游》“玉肌铅粉傲秋霜”。

◎五月五日，以五彩丝系臂，名之曰长命缕也。（汉应劭《风俗通》）

◎或问辟五兵之道，答以五月五日，作赤灵符着心前。（《抱朴子·内篇·杂应》）

又

徐邈能中酒圣贤，刘伶席地幕青天。潘郎白璧为谁连？

无可奈何新白发，不如归去旧青山。恨无人借买山钱。

◎（徐）邈字景山，燕国蓟人。魏国初建，为尚书郎。时科禁酒，而邈私饮，至于沉醉。校事赵达问以曹事，邈曰：“中圣人。”达白之太祖，太祖甚怒。度辽将军鲜于辅进曰：“平日醉客，谓酒清者为圣人，浊者为贤人。邈性修慎，偶醉言耳。”竟坐得免刑。文帝践阼，历官至中郎将，所在著称。车驾幸许昌，问邈曰：“颇复中圣人不？”邈对曰：“昔子反毙于谷阳，御叔罚于饮酒。臣嗜同二子，不能自惩，时复中之。然宿瘤以丑见传，而臣以醉见识。”帝大笑，顾左右曰：名不虚立。迁抚军大将军军师。（《三国志·魏志·徐邈传》）

◎幕天席地，纵意所如。（三国魏刘伶《酒德颂》）

◎（夏侯）湛幼有盛才，文章宏富，善构新词，而美容观。与潘岳友善，每行止同舆接茵，京都谓之连璧。（《晋书·夏侯湛传》）

◎支公（遁）因人就深公买印山，深公曰：“未闻巢、由买山而隐。”（《世说新语·排调》）

又

倾盖相逢胜白头，故山空复梦松楸。此心安处是菟裘。

卖剑买牛吾欲老，乞浆得酒更何求。愿为同社宴春秋。

◎（龚）遂为渤海太守，民有带持刀剑者，使卖剑买牛，卖刀买犊。曰：“何为带牛佩犊？”（《汉书·龚遂传》）

◎愿为同社人，鸡豚燕春秋。（唐韩愈《南溪始泛三首》）

又

炙手无人傍屋头，萧萧晚雨脱梧楸。谁怜季子敝貂裘。

顾我已无当世望，似君须向古人求。岁寒松柏肯惊秋。

◎苏秦始将连横说秦王，书十上而说不行，黑貂之裘敝，黄金百觔尽。（《战国策·秦策》）

◎（王）衍字夷甫，幼而俊悟。武帝闻其名，问王戎曰："夷甫当世谁比？"戎曰："未见其比，当从古人中求耳。"（《晋书·王衍传》）

◎岁寒然后知松柏之后凋也。（《论语·子罕》）

又

画隼横江喜再游，老鱼跳槛识清讴。
流年未肯付东流。

黄菊篱边无怅望，白云乡里有温柔。
挽回霜鬓莫教休。

◎昔伯牙鼓琴，而渊鱼出听。（《韩诗外传》）

◎陶潜九日无酒，乃于宅篱边菊丛中，摘菊盈把而坐。怅望久之，见白衣人至，乃太守王弘送酒使也。即便就酌，醉而后归。（《续晋阳秋》）

又

入袂轻风不破尘，玉簪犀璧醉佳辰。
一番红粉为谁新？

团扇不堪题往事，柳丝那解系行人。
酒阑滋味似残春。

又

风卷珠帘自上钩，萧萧乱叶报新秋。
独携纤手上高楼。
缺月向人舒窈窕，三星当户照绸缪。
香生雾縠见纤柔。

◎月出皎兮，佼人僚兮。舒窈纠兮，劳心悄兮。（《诗经·陈风·月出》。毛传：窈纠，舒之姿也。）

◎绸缪束楚，三星在户。今夕何夕，见此粲者。（《诗经·唐风·绸缪》）

又

玄真子《渔父》词极清丽，恨其曲度不传，故加数语，令以《浣溪沙》歌之。

西塞山边白鹭飞，散花洲外片帆微。
桃花流水鳜鱼肥。
自庇一身青箬笠，相随到处绿蓑衣。
斜风细雨不须归。

◎志和居江湖，自称烟波钓叟。著《玄真子》，亦以自号。（《新唐书·张志和传》）

◎西塞山边白鹭飞，桃花流水鳜鱼肥。青箬笠，绿蓑衣，斜风细雨不须归。（唐张志和《渔父》）

又方响

花满银塘水漫流，犀槌玉板奏《凉州》。顺风环佩过秦楼。

远汉碧云轻漠漠，今宵人在鹊桥头。一声敲彻绛河秋。

◎木有拍板方响，以体金应石，而备八音。（《新唐书·礼乐志》）

◎有宫人沈阿翘，为上舞《河满子》，调声风态，率皆宛畅。曲罢，上问其所从来，曰："妾本吴元济妓女。"俄遂进白玉方响，云本吴元济所与也，光明皎洁，可照十数步。言其犀槌即响犀也，凡物有声，乃响应其中焉。（唐苏鹗《杜阳杂编》）

◎绛河：即银河。

又

几共查梨到雪霜，一经题品便生光。木奴何处避雌黄。

北客有来初未识，南金无价喜新尝。含滋嚼句齿牙香。

◎李衡作宅于武陵龙阳泛洲上，种橘千株，勅其子曰："吾有千头木奴，不责汝衣食。岁上一匹绢，可以不贫矣。"（晋习凿齿《襄阳耆旧传》）

◎柑一名木奴。（《本草》）

◎王衍能言，于意有不安者辄更易之，时号“口中雌黄”。(《晋阳秋》)

◎南金：南方出产的铜。后亦借指贵重之物。

又

山色横侵蘸晕霞，湘川风静吐寒花。
远林屋散尚啼鸦。

梦到故园多少路，酒醒南望隔天涯。
月明千里照平沙。

又

晚菊花前敛翠蛾，挼花传酒缓声歌。
柳枝团扇别离多。

拥髻凄凉论旧事，曾随织女度银梭。
当年今夕奈愁何。

◎伶玄买妾樊通德，谈道赵飞燕姊妹事，以手拥髻，凄然泣下。(《拾遗记》)

◎晖晖朱颜酡，纷纷织女梭。（南朝鲍照《代堂上歌行》)

又

风压轻云贴水飞，乍晴池馆燕争泥。沈郎多病不胜衣。

沙上不闻鸿雁信，竹间时有鹧鸪啼。此情惟有落花知。

南歌子

日薄花房绽，风和麦浪轻。夜来微雨洗郊坰，正是一年春好近清明。

已改煎茶火，犹调入粥饧。使君高会有馀清，此乐无声无味最难名。

又

师唱谁家曲，宗风嗣阿谁？借君拍板与门槌，我也逢场作戏莫相疑。

溪女方偷眼，山僧莫皱眉。却愁弥勒下生迟，不见老婆三五少年时。

◎关南道吾和尚，因见巫师乐神，打鼓作舞，云："还识神也。"师于此大悟。后往德山，申其悟旨。德山乃印可。师往后每至升座时，着绯衣，执木简作礼。僧问："师唱谁家曲，宗风嗣阿谁？"师云："打动关南鼓，唱起德山歌。"问："如何是和尚家风？"师云："禅床作女人。"

《浣溪沙》（风压轻云贴水飞）词意图

拜云："谢子远来，无可相待。"（《传灯录》）

◎梁武帝请志公和尚讲经，志公对曰："自有大士，见在渔行，善能讲唱。"帝乃召大士入内，问曰："用何高座？"大士对曰："不用高座，只用拍板一具。"大士得板，遂乃唱经，并四十九颂，唱毕而去。大士乃傅大士也。（南朝傅大士《颂金刚经序》）

◎武帝尝一夕焚章而召诸法师斋，人莫有知之者。大士诘朝即手持一铁槌，径往以叩梁之端门，而先赴召。时若娄约法师者犹或后至，若云先法师等，终不知所召矣。（南朝傅大士《颂金刚经序》）

◎唐薛逢尝策羸以赴朝，值新进士榜下缀行，导曰："回避新郎君。"逢辗然，即遣一介语之曰："报道莫贫相，阿婆三五少年时，也曾东涂西抹来。"（《摭言集》）

又

紫陌寻春去，红尘拂面来。无人不道看花回，惟见石榴新蕊一枝开。

冰簟堆云髻，金尊滟玉醅。绿阴青子莫相催，留取红巾千点照池台。

又

笑怕蔷薇罥，行忧宝瑟僵。美人依约在西厢，只恐暗中迷路认馀香。

午夜风翻幔，三更月到床。簟纹如水玉肌凉，何物与侬归去有残妆。

◎江南地本无棘，或固墙隙，但植蔷薇枝而已。白乐天《蔷薇》诗："留妓罥罗裳。"蔷薇罥乃隋炀帝宫中事，备见《南部烟花记》。（唐段成式《酉阳杂俎》）

◎莽何罗谋为逆，褏白刃从东箱上，见（金）日磾，色变，走趋卧内，欲入，行触宝瑟，僵。日磾得抱何罗，因传曰："莽何罗反！"上惊起，左右拔刃欲格之。上恐并中日磾，止勿格。日磾捽胡投何罗殿下，得禽缚之。穷治，皆伏辜。（《汉书·金日磾传》）

又

寸恨谁云短，绵绵岂易裁。半年眉绿未曾开，明月好风闲处是人猜。

春雨消残冻，温风到冷灰。尊前一曲为谁回，留取曲中一拍待君来。

又楚守周豫出舞鬟

绀绾双蟠髻，云攲小偃巾。轻盈红脸小腰身，叠鼓忽催花拍斗精神。

空阔轻红歇，风和约柳春。蓬山才调更清新，胜似缠头千锦共藏珍。

又

琥珀装腰佩，龙香入领巾。只应飞燕是前身，共看剥葱纤手舞凝神。

柳絮风前转，梅花雪里春。鸳鸯翡翠两争新，但得周郎一顾胜珠珍。

◎双眸剪秋水，十指剥春葱。（唐白居易《筝》）

◎（周）瑜字公瑾，少精意于音乐，虽三爵之后，其有缺误，瑜必知之，知之必顾。人曰：“曲有误，周郎顾。”（《三国志·吴志·周瑜传》）

又

云鬓裁新绿，霞衣曳晓红。待歌凝立翠筵中，一朵彩云何事下巫峰。

趁拍鸾飞镜，回身燕漾空。莫翻红袖过帘栊，怕被杨花勾引嫁东风。

又

见说东园好，能消北客愁。虽非吾土且登楼，行尽江南南岸此淹留。

短日明枫缬，清霜暗菊球。流年回首付东流，凭仗挽回潘鬓莫教秋。

◎余春秋三十有二，始见二毛。（晋潘岳《秋兴赋序》）

江城子

银涛无际卷蓬瀛。落霞明，暮云平。曾见青鸾，紫凤下层城。二十五弦弹不尽，空感慨，惜离情。

苍梧烟水断归程。卷霓旌，为谁迎？空有千行，流泪寄幽贞。舞罢鱼龙云海晚，千古恨，入江声。

◎泰帝使素女鼓五十弦瑟，悲，帝禁不止，故破其瑟为二十五弦。（《汉书·郊祀志》）

◎舜南巡，崩于苍梧之野。（《史记·五帝纪》）

又

墨云拖雨过西楼。水东流，晚烟收。柳外残阳，回照动帘钩。今夜巫山真个好，花未落，酒新篘。

美人微笑转星眸。月华羞，捧金瓯。歌扇萦风，吹散一春愁。试问江南诸伴侣，谁似我，醉扬州。

又

腻红匀脸衬檀唇。晚妆新，暗伤春。手捻花枝，谁会两眉颦。连理带头双□

□，留待与，个中人。

淡烟笼月绣帘阴。画堂深，夜沉沉。谁道□□□系得人心。一自绿窗偷见后，便憔悴，到如今。

蝶恋花

花褪残红青杏小。燕子飞时，绿水人家绕。枝上柳绵吹又少，天涯何处无芳草。

墙里秋千墙外道。墙外行人，墙里佳人笑。笑渐不闻声渐悄，多情却被无情恼。

◆“枝上柳绵”，恐屯田缘情绮靡，未必能过。孰谓坡但解作“大江东去”耶？髯直是轶伦绝群。（清王士禛《花草蒙拾》）

◆东坡《蝶恋花》词云云。东坡渡海，惟朝云王氏随行，日诵“枝上柳绵”二句，为之流泪。病极，犹不释口。东坡作《西江月》悼之。（宋惠洪《冷斋夜话》）

◆子瞻在惠州，与朝云闲坐，时青女初至，落木萧萧，凄然有悲秋之意，命朝云把大白，唱“花褪残红”。朝云歌喉将啭，泪满衣襟。子瞻诘其故，答曰：“奴所不能歌，是‘枝上柳绵吹又少，天涯何处无芳草’也。”子瞻翻然大笑曰：“是吾政悲秋，而汝又伤春矣。”遂罢。朝云不久抱疾而亡，子瞻终身不复听此词。（《林下词谈》）

《蝶恋花》（花褪残红青杏小）词意图

又 代人赠别

一颗樱桃樊素口。不要黄金，只要人长久。学画鸦儿犹未就，眉间已作伤春皱。

扑蝶西园随伴走。花落花开，渐解相思瘦。破镜重来人在否，章台折尽青青柳。

◎韩翃有宠姬柳氏，从辟淄青置之都下。数岁，寄诗曰："章台柳，章台柳，昔日青青今在否。纵使长条似旧垂，也应攀折他人手。"柳答曰："杨柳枝，芳菲节，可恨年年赠离别。一叶随风忽报秋，纵使君来岂堪折。"（《全唐诗话》）

又

春事阑珊芳草歇。客里风光，又过清明节。小院黄昏人忆别，落红处处闻啼鴂。

咫尺江山分楚越。目断魂销，应是音尘绝。梦破五更心欲折，角声吹落梅花月。

◆东坡词"春事阑珊芳草歇"，升庵《词品》引唐刘瑶诗"瑶草歇芳心耿耿"，《传奇》女郎王贞诗"燕折莺离芳草歇"，谓是坡词出处。不知谢灵运有"芳草亦未歇"句也。（况周颐《香海棠馆词话》）

◆"春事阑珊芳草歇"一首，凡六十字，字字惊心动魄。"只为一声《河满子》，下泉须吊孟才人"，恐无此魂

《蝶恋花》（春事阑珊芳草歇）词意图

消也。（清王士禛《花草蒙拾》）

又

同安君生日放鱼，取《金光明经》救鱼事。

泛泛东风初破五。江柳微黄，万万千千缕。佳气郁葱来绣户，当年江上生奇女。

一盏寿觞谁与举。三个明珠，膝上王文度。放尽穷鳞看圉圉，天公为下曼陀雨。

◎尔时流水长者子至大王所，作如是言：“我为大王国土人民，治种种病。渐渐游行，至彼空泽，见有一池，其水枯涸，有十千鱼为日所曝，今日困厄，将死不久。惟愿大王借二十大象，令得负水，济彼鱼命，如我与诸病人寿命。”（《金光明经》）

◎望气者至南阳，曰：“气佳哉，郁郁葱葱。”（《后汉书·光武帝纪》）

◎（陆卬）少善属文，甚为河间邢邵所赏。邵又与卬父子彰交游，尝谓子彰曰：“吾以卿老蚌，遂出明珠。”（《北齐书·陆卬传》）

◎始舍之，圉圉焉，少则洋洋焉，悠然而逝。（《孟子·万章上》）

又

记得画屏初会遇。好梦惊回，望断高

唐路。燕子双飞来又去，纱窗几度春光暮。

那日绣帘相见处。低眼佯行，笑整香云缕。敛尽春山羞不语，人前深意难轻诉。

又

昨夜秋风来万里。月上屏帏，冷透人衣袂。有客抱衾愁不寐，那堪玉漏长如岁。

羁舍留连归计未。梦断魂消，一枕相思泪。衣带渐宽无别意，新书报我添憔悴。

又

玉枕冰寒消暑气。碧簟纱厨，向午朦胧睡。莺舌惺忪如会意，无端画扇惊飞起。

雨后初凉生水际。人面桃花，的的遥相似。眼看红芳犹抱蕊，丛中已结新莲子。

◎去年今日此门中，人面桃花相映红。人面不知何处去，桃花依旧笑春风。（唐崔护《题都城南庄》）

又

雨霰疏疏经泼火。巷陌秋千，犹未清明过。杏子梢头香蕾破，淡红褪白胭脂涴。

苦被多情相折挫。病绪厌厌，浑似年时个。绕遍回廊还独坐，月笼云暗重门锁。

又

蝶懒莺慵春过半。花落狂风，小院残红满。午醉未醒红日晚，黄昏帘幕无人卷。

云鬓鬅松眉黛浅。总是愁媒，欲诉谁消遣。未信此情难系绊，杨花犹有东风管。

◎鬅松，发乱貌。（《广韵》）

减字木兰花

云鬟倾倒，醉倚阑干风月好。凭仗相扶，误入仙家碧玉壶。

连天衰草，下走湖南西去道。一舸姑苏，便逐鸱夷去得无。

又 西湖食荔支

闽溪珍献，过海云帆来似箭。玉坐金盘，不贡奇葩四百年。

轻红酽白，雅称佳人纤手擘。骨细肌香，恰是当年十八娘。

◎先帝贵妃今寂寞，荔枝还复入长安。炎方每续朱樱献，玉座应悲白露漙。（唐杜甫《解闷》）

◎轻红擘荔枝。（唐杜甫《宴戎州杨使君东楼》）

◎十八娘荔枝，色深红而细长，时人以少女比之。俚传闽王王氏有女第十八娘，好啖此品，因而得名。其冢在城东报国院，冢旁今犹有此树云。（《荔枝谱》）

又 送赵令晦之

春光亭下，流水如今何在也。岁月如梭，白首相看拟奈何。

故人重见，世事年来千万变。官况阑珊，惭愧青松守岁寒。

◎当时楼下水，今日知何处？（唐杜牧《题安州浮云寺楼寄湖州张郎中》）

又

晓来风细，不会鹊声来报喜。却羡寒梅，先觉春风一夜来。

香笺一纸，写尽回纹机上意。欲卷重开，读遍千回与万回。

◎浪传乌鹊喜。（唐杜甫《得舍弟消息》）

◎窦滔妻苏氏，始平人也。名蕙，字若兰，善属文。

滔，苻坚时为秦州刺史，被徙流沙。苏氏思之，织锦为回文《璇玑图》诗以赠滔。宛转循环以读之，词甚凄惋，凡八百四十字。（《晋书·列女传》）

又

天台旧路，应恨刘郎来又去。别酒频倾，忍听《阳关》第四声。

刘郎未老，怀恋仙乡重得到。只恐因循，不见而今劝酒人。

又

琵琶绝艺，年纪都来十一二。拨弄幺弦，未解将心指下传。

主人瞋小，欲向春风先醉倒。已属君家，且更从容等待他。

又雪

云容皓白，破晓玉英纷似织。风力无端，欲学杨花更耐寒。

相如未老，梁苑犹能陪俊少。莫惹闲愁，且折江梅上小楼。

◎雪花白英，谓之玉英。（《韩诗外传》）

◎岁将暮，时既昏，寒风积，愁云繁。梁王不悦，游于兔园。乃置旨酒，命宾友，召邹氏，延枚叟。相如末至，居客之右。俄而微霰零，密雪下，王乃歌北风于《卫诗》，咏南山于《周雅》。授简于司马大夫曰：抽子秘思，骋子妍辞，侔色揣称，为寡人赋之。（南朝谢惠连《雪赋》）

又

玉房金蕊，宜在玉人纤手里。淡月朦胧，更有微微弄袖风。

温香熟美，醉慢云鬟垂两耳。多谢春工，不是花红是玉红。

◎牡丹芳，牡丹芳，黄金蕊绽红玉房。（唐白居易《牡丹芳》）

又 以大琉璃杯劝王仲翁

海南奇宝，铸出团团如栲栳。曾到昆仑，乞得山头玉女盆。

绛州王老，百岁痴顽推不倒。海口如门，一派黄流已电奔。

◎王公与朝士共饮酒，举琉璃碗谓伯仁曰："此碗腹殊空，为之宝器何耶？"答曰："此碗英英，诚为清彻，所

以可贵耳。"(《世说新语·排调》)

◎玉女庙前有五石臼,号曰玉女洗头盆。(《集仙录》)

又 琴

神闲意定，万籁收声天地静。玉指冰弦，未动宫商意已传。

悲风流水，写出寥寥千古意。归去无眠，一夜馀音在耳边。

◎万籁此俱寂，惟闻钟磬音。(唐常建《破山寺后禅院》)

又

银筝旋品，不用缠头千尺锦。妙思如泉，一洗闲愁十五年。

为公少止，起舞属公《公莫》起。风里银山，摆撼鱼龙我自闲。

◎《公莫舞》,今之巾舞也。相传云项庄剑舞，项伯以袖隔之，使不得害汉高祖，且语项庄云："公莫。"古人相呼曰公，言公莫害汉王也。(《晋书·乐志》)

又

莺初解语，最是一年春好处。微雨如酥，草色遥看近却无。

休辞醉倒，花不看开人易老。莫待春回，颠倒红英间绿苔。

◎天街小雨润如酥，草色遥看近却无。最是一年春好处，绝胜花柳满皇都。（唐韩愈《早春呈水部张十八员外》）

又

江南游女，问我何年归得去。雨细风微，两足如霜挽纻衣。

江亭夜语，喜见京华新样舞。莲步轻飞，迁客今朝始是归。

行香子 茶词

绮席才终，欢意犹浓。酒阑时、高兴无穷。共夸君赐，初拆臣封。看分香饼，黄金缕，密云龙。

斗赢一水，功敌千钟。觉凉生、两腋清风。暂留红袖，少却纱笼。放笙歌散，庭馆静，略从容。

◎贡茶凡十品，曰龙茶、凤茶、京挺、的乳、石乳、白乳、头金、蜡面、头骨、次骨。龙茶以贡乘舆，及赐执政亲王长主。馀皇族、学士、将帅，皆得凤茶。（宋杨大年《谈苑》）

◎建安人斗茶，试以水痕先者为负，耐久者为胜。故较胜负之说，曰相去一水两水。（宋蔡襄《茶录》）

◆东坡有二韵事，见于《行香子》。秦、黄、张、晁为苏门四学士，每来必命取密云龙供茶，家人以此记之。廖明略晚登东坡之门，公大奇之。一日，又命取密云龙，家人谓是四学士，窥之，则廖明略也。坡为赋《行香子》一阕。又尝约刘器之参玉版和尚，至帘泉寺，烧笋而食。刘问之，东坡指笋曰："此玉版僧最善说法，使人得禅悦味。"遂有"曲生禅，玉版局，一时参"之句，亦《行香子》也。（清冯金伯《词苑萃编》）

又

三入承明，四至九卿，问儒生、何辱何荣？金张七叶，纨绮貂缨。无汗马事，不献赋，不明经。

成都卜肆，寂寞君平。郑子真、严谷躬耕。寒灰炙手，人重人轻。除竺乾学，得无念，得无名。

◎问我何功德，三入承明庐。（三国魏应璩《百一诗》）

◎（汲）黯姊子司马安文深巧善宦，四至九卿。（《汉书·汲黯传》）

◎金张藉旧业，七叶珥汉貂。（晋左思《咏史八首》）

◎谷口有郑子真，蜀有严君平，皆修身自保，非其服弗服，非其食弗食。成帝时，大将军王凤以礼聘子真，子真遂不诎而终。君平卜筮于成都市，以为卜筮者贱业，而可以惠众人。有邪恶非正之问，则依蓍龟为言利害，与人子言依于孝，与人弟言依于顺，与人臣言依于忠，各因势导之以善。从吾言者已过半矣。裁日阅数人，得百钱，足以自养，则闭肆下帘而授《老子》，遂以其业终。及扬雄著书，称此二人，其论曰：谷口郑子真，不诎其志，耕于岩石之下，名震于京师，岂其卿，岂其卿！蜀严湛冥，不作苟见，不治苟得，久幽而不改其操，虽随和何以加诸。（《汉书·王贡传序》）

◎炙手可热势绝伦。（唐杜甫《丽人行》）

◎唐崔铉，宣宗时为宰相，所善者郑鲁、杨绍复、段瓌、薛蒙，颇参议论，时语曰："郑杨段薛，炙手可热。欲得命通，鲁绍瓌蒙。"帝闻之，题于扆。（宋傅干《注坡词》）

◎安国坐法抵罪，蒙狱吏田甲辱安国，安国曰："死灰独不复然乎？"田甲曰："然即溺之。"（《史记·韩长孺列传》）

◎竺乾：古印度的别称。

◎无念无名：佛教以灭五欲，故无念；以存四谛，故无名。

又

清夜无尘，月色如银。酒斟时、须满

十分。浮名浮利，虚苦劳神。叹隙中驹，石中火，梦中身。

虽抱文章，开口谁亲。且陶陶、乐尽天真。几时归去，作个闲人。对一张琴，一壶酒，一溪云。

◎人生天地间，如白驹之过隙，忽然而已。（《庄子·知北游》）

◎石火无烟光，还如世中人。（唐李白《拟古十二首》）

◎无思无虑，其乐陶陶。（晋刘伶《酒德颂》）

又病起小集

昨夜霜风，先入梧桐。浑无处、回避衰容。问公何事，不语书空。但一回醉，一回病，一回慵。

朝来庭下，飞英如霰。似无言、有意催侬。都将万事，付与千钟。任酒花白，眼花乱，烛花红。

◎霜风侵梧桐，众叶着树干。（唐韩愈《秋怀》）

◎（殷）浩被黜放，口无怨言，但终日书空，作"咄咄怪事"四字而已。（《晋书·殷浩传》）

◎破除万事无过酒。（唐韩愈《赠郑兵曹》）

点绛唇

闲倚胡床，庾公楼外峰千朵。与谁同坐，明月清风我。

别乘一来，有唱应须和。还知么，自从添个，风月平分破。

◎（庾）亮在武昌，诸佐吏乘秋夜往，共登南楼。俄而亮至，便据胡床，谈咏竟日。（《晋书·庾亮传》）

又

红杏飘香，柳含烟翠拖金缕。水边朱户，门掩黄昏雨。

烛影摇风，一枕伤春绪。归不去，凤楼何处，芳草迷归路。

又

醉漾轻舟，信流引到花深处。尘缘相误，无计花间住。

烟水茫茫，千里斜阳暮。山无数，乱红如雨，不记来时路。

◎醉漾轻丝信慢流。（宋郑獬《渔父》）

◎汉明帝永平五年，剡县刘晨、阮肇共入天台山取谷皮，迷不得返。经十三日，粮食乏尽，饥馁殆死。遥望山上，有一桃树，大有子实；而绝岩邃涧，永无登路。攀援藤葛，乃得至上。各啖数枚，而饥止体充。复下山，持杯取水，欲盥漱。见芜菁叶从山腹流出，甚鲜新，复一杯流出，有胡麻饭糁，相谓曰："此知去人径不远。"便共没水，逆流二三里，得度山，出一大溪，溪边有二女子，姿质妙绝，见二人持杯出，便笑曰："刘、阮二郎，捉向所失流杯来。"晨、肇既不识之，缘二女便呼其姓，如似有旧，乃相见忻喜。问："来何晚邪？"因邀还家。其家筒瓦屋。南壁及东壁下各有一大床，皆施绛罗帐，帐角悬铃，金银交错，床头各有十侍婢，敕云："刘、阮二郎，经涉山岨，向虽得琼实，犹尚虚弊，可速作食。"食胡麻饭、山羊脯、牛肉，甚甘美。食毕行酒，有一群女来，各持五三桃子，笑而言："贺汝婿来。"酒酣作乐，刘、阮忻怖交并。至暮，令各就一帐宿，女往就之，言声清婉，令人忘忧。十日后欲求还去，女云："君已来是，宿福所牵，何复欲还邪？"遂停半年。气候草木是春时，百鸟啼鸣，更怀悲思，求归甚苦。女曰："罪牵君，当可如何？"遂呼前来女子，有三四十人，集会奏乐，共送刘、阮，指示还路。既出，亲旧零落，邑屋改异，无复相识。问讯得七世孙，传闻上世入山，迷不得归。至晋太元八年，忽复去，不知何所。（南朝刘义庆《幽明录》）

又

月转乌啼，画堂宫徵生离恨。美人愁闷，不管罗衣褪。

清泪斑斑，挥断柔肠寸。嗔人问，背灯偷揾，拭尽残妆粉。

皂罗特髻

采菱拾翠，算似此佳名，阿谁消得。采菱拾翠，称使君知客。千金买、采菱拾翠，更罗裙、满把珍珠结。采菱拾翠，正髻鬟初合。

真个采菱拾翠，但深怜轻拍。一双子、采菱拾翠，绣衾下、抱着俱香滑。采菱拾翠，待到京寻觅。

虞美人

定场贺老今何在，几度新声改。怨声坐使旧声阑，俗耳只知繁手不须弹。

断弦试问谁能晓，七岁文姬小。试教弹作辊雷声，应有开元遗老泪纵横。

◎贺老即贺怀智，开元时乐工也。（唐郑处诲《明皇杂录》）

◎飞燕祖马大力，工理乐器。事江都王，为协律舍人。父万金，不肯传家业，偏习乐声。亡章曲，任为繁手哀声，自号凡靡之乐，闻者莫不心动焉。（《赵飞燕外

传》）

◎（蔡）琰（字文姬）六岁，父邕夜鼓琴，弦绝，琰闻曰："第二弦。"邕故断一弦，问之，曰："第四弦。"（《蔡琰别传》）

◎开元中，有贺怀智善琵琶，用鹍鸡筋为弦，铁为捍拨。辊雷，其声如之也。（《杨妃外传》）

又

落花已作风前舞，又送黄昏雨。晓来庭院半残红，惟有游丝千丈袅晴空。

殷勤花下重携手，更尽杯中酒。美人不用敛歌眉，我亦多情无奈酒阑时。

又

冰肌自是生来瘦，那更分飞后。日长帘幕望黄昏，及至黄昏时候转消魂。

君还知道相思苦，怎忍抛奴去？不辞迢递过关山，只恐别郎容易见郎难。

又

深深庭院清明过，桃李初红破。柳丝搭在玉阑干，帘外潇潇微雨做轻寒。

晚晴台榭增明媚，已拚花前醉。更阑

人静月侵廊，独自行来行去好思量。

又

持杯遥劝天边月，愿月圆无缺。持杯更复劝花枝，且愿花枝长在莫离披。

持杯月下花前醉，休问荣枯事。此欢能有几人知，对酒逢花不饮待何时。

如梦令

为向东坡传语，人在玉堂深处。别后有谁来，雪压小桥无路。归去，归去，江上一犁春雨。

又

手种堂前桃李，无限绿阴青子。帘外百舌儿，惊起五更春睡。居士，居士，莫忘小桥流水。

又 题淮山楼

城上层楼叠巘，城下清淮古汴。举手揖吴云，人与暮天俱远。魂断，魂断，后夜松江月满。

阮郎归

绿槐高柳咽新蝉，熏风初入弦。碧纱窗下水沉烟，棋声惊昼眠。

微雨过，小荷翻，榴花开欲然。玉盆纤手弄清泉，琼珠碎却圆。

◎寒蝉鸣高柳。（晋陆机《拟明月何皎皎》）

◎棹拂荷珠碎却圆。（唐杜甫《宇文晁尚书之甥崔彧司业之孙尚书之子重泛郑监审前湖》）

又梅花

暗香浮动月黄昏，堂前一树春。东风何事入西邻，儿家常闭门。

雪肌冷，玉容真，香腮粉未匀。折花欲寄岭头人，江南日暮春。

◎疏影横斜水清浅，暗香浮动月黄昏。（宋林逋《山园小梅》）

◎白玉堂前一树梅，今朝忽见数枝开。儿家门户重重闭，春色因何得入来？（唐薛维翰《春女苑》）

◎ 陆凯与范晔相善，自江南寄梅花一枝诣长安与晔，赠诗曰："折花逢驿使，寄与陇头人。江南无所有，聊寄一枝春。"（《开州记》）

◎汀洲采白蘋，日暮江南春。（南朝柳恽《江南曲》）

《阮郎归》（绿槐高柳咽新蝉）词意图

诉衷情

海棠珠缀一重重，清晓近帘栊。胭脂谁与匀淡，偏向脸边浓。

看叶嫩，惜花红，意无穷。如花似叶，岁岁年年，共占春风。

◎年年岁岁花相似，岁岁年年人不同。（唐刘希夷《代悲白头翁》）

又

小莲初上琵琶弦，弹破碧云天。分明绣阁幽恨，都向曲中传。

肤莹玉，鬓梳蝉，绮窗前。素娥今夜，故故随人，似斗婵娟。

◎千载琵琶作胡语，分明怨恨曲中论。（唐杜甫《咏怀古迹》）

◎魏文帝宫人慕琼树始制为蝉鬓，望之缥缈如蝉翼，故号为蝉鬓。（《古今注》）

谒金门

秋帷里，长漏伴人无寐。低玉枕凉轻绣被，一番秋气味。

晓色又侵窗纸，窗外鸡声初起。声断几声还到耳，已明声未已。

◎纸窗明觉晓。（唐白居易《晓寝》）

又

秋池阁，风傍晓庭帘幕。霜叶未衰吹未落，半惊鸦喜鹊。

自笑浮名情薄，似与世人疏略。一片懒心双懒脚，好教闲处着。

◎霜落江始寒，枫叶绿未脱。（唐李白《江上寄元六林宗》）

又

今夜雨，断送一年残暑。坐听潮声来别浦，月明何处去？

孤负金尊绿醑，来岁今宵圆否？酒醒梦回愁几许，夜阑还独语。

好事近

烟外倚危楼，初见远灯明灭。却跨玉虹归去，看洞天星月。

当时张范风流在，况一尊浮雪。莫问世间何事，与剑头微吷。

◎（范）式与汝南张劭为友，式曰："后二年，当过拜尊亲，视孺子焉。"至期，劭白母，请杀鸡为黍待之。母曰："二年之别，千里约言，尔何相信之审耶？"至日，果至。（《后汉书·范式传》）

◎吹剑者，吷而已矣。（《庄子·则阳篇》）

天仙子

走马探花花发未，人与化工俱不易。千回来绕百回看，蜂作婢，莺为使，谷雨清明空屈指。

白发卢郎情未已，一夜剪刀收玉蕊。尊前还对断肠红，人有泪，花无意，明日酒醒应满地。

◎不恨卢郎年纪大，不恨卢郎官职卑。自恨妾身生太晚，不见卢郎年少时。（唐崔氏《述怀》）

翻香令

金炉犹暖麝煤残，惜香更把宝钗翻。重闻处，馀熏在，这一番、气味胜从前。

背人偷盖小蓬山，更将沉水暗同然。且图得，氤氲久，为情深、嫌怕断头烟。

桃源忆故人

华胥梦断人何处，听得莺啼红树。几点蔷薇香雨，寂寞闲庭户。

暖风不解留花住，片片着人无数。楼上望春归去，芳草迷归路。

◎黄帝昼寝，而梦游于华胥氏之国。既寤，怡然自得，曰："今知至道不可以情求矣。"（《列子·黄帝》）

调笑令 效韦应物体

渔父，渔父，江上微风细雨。青蓑黄蒻裳衣，红酒白鱼暮归。归暮，归暮，长笛一声何处？

又

归雁，归雁，饮啄江南南岸。将飞却下盘桓，塞外春来苦寒。寒苦，寒苦，藻荇欲生且住。

◎韦应物《调笑令》："胡马，胡马，远放燕支山下。跑沙跑雪独嘶，东望西望路迷。迷路，迷路，边草无穷日暮。”“河汉，河汉，晓挂秋城漫漫。愁人起望相思，塞北江南别离。离别，离别，河汉虽同路绝。”

荷花媚

霞苞电荷碧，天然地、别是风流标格。重重青盖下。千娇照水，好红红白白。

每怅望、明月清风夜，甚低迷不语，夭邪无力。终须放、船儿去，清香深处住，看伊颜色。

占春芳

红杏了，夭桃尽，独自占春芳。不比人间兰麝，自然透骨生香。

对酒莫相忘，似佳人兼合明光。只忧长笛吹花落，除是宁王。

◎桃之夭夭，灼灼其华。(《诗经·周南·桃夭》)

◎明皇好羯鼓，而宁王善吹笛，达官大臣慕之，皆喜言音律。(《新唐书·礼乐志》)

一斛珠

洛城春晚，垂杨乱掩红楼半。小池轻

浪纹如篆，烛下花前，曾醉离歌宴。

自惜风流云雨散，关山有限情无限。待君重见寻芳伴，为说相思，目断西楼燕。

意难忘

花拥鸳房，记驼肩髻小，约鬓眉长。轻身翻燕舞，低语啭莺簧。相见处，便难忘，肯亲度瑶觞？向夜阑、歌翻郢曲，带换韩香。

别来音信难将，似云收楚峡，雨散巫阳。相逢情有在，不语意难量。些个事，断人肠，怎禁得恓惶？待与伊、移根换叶，试又何妨。

◎蝶欲试飞犹护粉，莺初学啭尚羞簧。（唐皮日休《闻鲁望游颜家林园病中有寄》）

◎韩寿美姿貌，充女见而悦焉，潜通音好。时西域贡奇香，一着人则经月不歇，帝惟赐充，充女密盗以遗寿。（《晋书·贾充传》）

总　评

赵令畤《侯鲭录》　鲁直云，东坡居士曲，世所见者数百首，或谓于音律小不谐。居士词横放杰出，自是曲子缚不住者。

陈师道《后山诗话》　退之以文为诗，子瞻以诗为词，如教坊雷大使之舞，虽极天下之工，要非本色。今代词手，惟秦七黄九尔，唐诸人不迨也。

又引《世语》　苏明允不能诗，欧阳永叔不能赋。曾子固短于韵语，黄鲁直短于散语。苏子瞻词如诗，秦少游诗如词。

胡仔《苕溪渔隐丛话》前集引《王直方诗话》　东坡尝以所作小词示无咎、文潜曰："何如少游？"二人皆对云："少游诗似小词，先生小词似诗。"

又引《遯斋闲览》 苏子瞻尝自言平生有三不如人。谓着棋、饮酒、唱曲也。然三者亦何用如人？子瞻之词虽工，而多不入腔，正以不能唱曲耳。

又引《后山诗话》云 晁无咎言："眉山公之言短于情，盖不更此境也。"余谓不然，宋玉初不识神女，而能赋之，岂待更而知也。

又后集引《复斋漫录》引晁无咎《评本朝乐章》 东坡词，人谓多不谐音律，然居士词横放杰出，自是曲中缚不住者。

又引李清照《论词》 至晏元献、欧阳永叔、苏子瞻，学际天人，作为小歌词，直如酌蠡水于大海，然皆句读不葺之诗尔，又往往不协音律者。

又 《后山诗话》谓："退之以文为诗，子瞻以诗为词，如教坊雷大使之舞，虽极天下之工，要非本色。"余为后山之言过矣，子瞻佳词最多，其间杰出者，如"大江东去，浪淘尽，千古风流人物"，赤壁词；"明月几时有，把酒问青天"，中秋词；"落日绣帘卷，庭下水连空"，快哉亭词；"乳燕飞华屋，悄无人，桐阴转午"，初夏词；"明月如霜，好风如水，清景无限"，夜登燕子楼词；"楚山修竹如云，异材秀出千林表"，咏笛词；"玉骨那愁瘴雾，冰肌自有仙风"，咏梅词；"东武南城，新堤就，涟漪初溢"，宴流杯亭词；“冰肌玉骨，自清凉无汗”，夏夜词；“有情风万里卷潮来，无情送潮归”，别参寥词；“缺月挂疏桐，漏断人初静”，秋夜词；“霜降水痕收，浅碧鳞鳞露远洲”，九日词；凡此十馀词，皆绝去笔墨畦径间，直造古人不到处，真可使人一唱而三叹。若谓以诗为词，是大不然。子瞻自言，平生不善唱曲，故间有不入腔处，非尽如此。后山乃比之教坊雷大使之舞，是何每况愈下？盖其谬耳。

胡寅《题酒边词》 词曲者，古乐府之末造也。……然文章豪放之士，鲜不寄意于此者，随亦自扫其迹，曰谑浪游戏而已也。唐人为之最工者。柳耆卿后出，掩众制而尽其妙，好之者以为不可复加。及眉山苏氏，一洗绮罗香泽之态，摆脱绸缪宛转之度，使人登高望远，举首高歌，而逸怀浩气超然乎尘垢之外。于是《花间》为皂隶，而柳氏为舆台矣。

朱弁《风月堂诗话》 韩退之云：“馀事作诗人。”未可以为笃论也。东坡以词曲为诗之苗裔，其言良是。然今之长短句，比之古乐府歌词，虽云同出于诗，而祖风已扫地矣。

汤衡《张紫微雅词序》 昔东坡见少游《上巳游金明池》诗，有“帘幕千家锦绣垂”之句，曰：“学士又入小石调矣。”世人不察，便谓其诗似词，不知坡之此言，盖有深意，夫镂玉雕琼，裁花剪叶，唐末词人，非不美也，然粉泽之工，反累正气。东坡虑其不幸而溺乎彼，故援而止之，惟恐不及。其后元祐诸公，嬉弄乐府，寓以诗人句法，无一毫浮靡之气，实自东坡发之也。

王灼《碧鸡漫志》 长短句虽至本朝盛，而前人自立，与真情衰矣。东坡先生非心醉于音律者，偶尔作歌，指出向上一路，新天下耳目，弄笔者始知自振。今少年妄谓东坡移律诗作长短句，十有八九，不学柳耆卿，则学曹元宠，虽可笑，亦毋用笑也。

又 东坡先生以文章馀事作诗，溢而作词曲，高处出神入天，平处尚临镜笑春，不顾侪辈。或曰："长短句中诗也。"为此论者，乃是遭柳永野狐涎之毒。诗与乐府同出，岂当分异？若从柳氏家法，正自不分异耳。晁无咎、黄鲁直皆学东坡，韵制得七八。黄晚年闲放于狭邪，故有少疏荡处。后来学东坡者，叶少蕴、蒲大受亦得六七，其才力比晁、黄差劣。苏在庭、石耆翁入东坡之门矣，短气跼步，不能进也。赵德麟、李方叔皆东坡客，其气味殊不近，赵婉而李俊，各有所长。

陆游《老学庵笔记》 世言东坡不能歌，故所作乐府词多不协。晁以道云：绍圣初，与东坡别于汴上，东坡酒酣，自歌古《阳关》。则公非不能歌，但豪放，不喜裁剪以就声律耳。

孙奕《示儿编》 子美以诗为文，退之以文为诗，苏子瞻词如诗，秦少游诗如词。

汪莘《方壶诗馀自叙》 唐、宋以来词人多矣，其词主于淫，谓不淫非词也。余谓词何必淫，亦顾寓意何如尔。余于词，所爱喜者三人焉。盖至东坡而一变，其豪妙之气，隐隐然流出言外，天然绝世，不假振作。二变而为朱希真，多尘外之想，虽杂以微尘，而清气自不可没。三变而为辛稼轩，乃真写其胸中事，尤好称渊明。此词之三变也。

刘辰翁《辛稼轩词序》 词至东坡，倾荡磊落，如诗如文，如天地奇观，岂与群儿雌声学语较工拙；然犹未至用经用史，牵雅颂入郑卫也。……嗟乎，以稼轩为坡公少子，岂不痛快灵杰可爱哉，而愁髻龋齿作折腰步者阉然笑之。

沈义父《乐府指迷》 近世作词者，不晓音律，乃故为豪放不羁之语，遂借东坡、稼轩诸贤自诿。诸贤之词，固豪放矣，不豪放处，未尝不叶律也。如东坡之《哨遍》、杨花《水龙吟》，稼轩之《摸鱼儿》之类，则知诸贤非不能也。

王若虚《滹南诗话》 晁无咎云："眉山公之词短于情，盖不更此境耳。"陈后山曰："宋玉不识巫山神女而能赋之，岂待更而后知。"是直以公为不及于情也。呜呼！风韵如东坡，而谓不及于情。可乎？彼高人逸才，正当如是，其溢为小词，而间及于脂粉之间，所谓滑稽玩戏，聊复尔尔者也。若乃纤艳淫媟，入人骨髓，如田中行、柳耆卿辈，岂公之雅趣也哉？

又　陈后山谓子瞻以诗为词，大是妄论，而世皆信之，独茅荆产辨其不然，谓公词古今第一。今翰林赵公亦云，此与人意暗同。盖诗词只是一理，不容异观。自世之末作习为纤艳柔脆，以投流俗之好，高人胜士，亦或以是相胜，而日趋于委靡，遂谓其体当然，而不知流弊之至此也。文伯起曰："先生虑其不幸，而溺于彼，故援而止之，特立新意，寓以诗人句法。"是亦不然。公雄文大手，乐府乃其游戏，顾岂与流俗争胜哉！盖其天资不凡，辞气迈往，故落笔皆绝尘耳。

元好问《新轩乐府引》　唐歌词多宫体，又皆极力为之。自东坡一出，情性之外，不知有文字，真有"一洗万古凡马空"气象。虽时作宫体，亦岂可以宫体概之！人有言：乐府本不难作，从东坡放笔后便难作。此殆以工拙论，非知坡者。所以然者，《诗三百》所载小夫贱妇幽忧无聊赖之语，特猝为外物感触，满心而发，肆口而成者尔，其初果欲被管弦，谐金石，经圣人手，以与六经并传乎？小夫贱妇且然，而谓东坡翰墨游戏，乃求与前人角胜负，误矣。自今观之，东坡圣处，非有意于文字之为工，不得不然之为工也。坡以来，山谷、晁无咎、陈去非、辛幼安诸公，俱以歌词取称，吟咏情性，留连光景，清壮顿挫，能起人妙思。亦有语意拙直，不自缘饰，因病成妍者，皆自坡发之。近岁新轩张胜予，亦东坡发之者与？

王世贞《艺苑卮言》 读子瞻文，见才矣，然似不读书者。读子瞻诗，见学矣，然似绝无才者。懒倦欲睡时，诵子瞻小文及小词，亦觉神王。

又 之诗而词，非词也。之词而诗，非诗也。言其业，李氏、晏氏父子、耆卿、子野、美成、少游、易安至矣，词之正宗也。温、韦艳而促，黄九精而刻，长公丽而壮，幼安辨而奇，又其次也，词之变体也。

又 永叔、介甫俱文胜词，词胜诗，诗胜书。子瞻书胜词，词胜画，画胜文，文胜诗。然文等耳，馀俱非子瞻敌也。

又 词至辛稼轩而变，其源实自苏长公，至刘改之诸公极矣。

又 子瞻“与谁同坐，明月清风我”、“明月几时有，把酒问青天”，快语也。“大江东去，浪淘尽、千古风流人物”，壮语也。“杏花疏影里，吹笛到天明”，又“高情已逐晓云空，不与梨花同梦”，爽语也。其词浓与淡之间也。

张綖《诗馀图谱》 按词体大略有二，一体婉约，一体豪放。婉约者欲其词情蕴藉，豪放者欲其气象恢宏。盖亦存乎其人。如秦少游之作，多是婉约。苏子瞻之作，多是豪放。大抵词体以婉约为正。

俞彦《爰园词话》 子瞻词无一语着人间烟火，此自大罗天上一种，不必与少游、易安辈较量体裁也。其豪放亦止“大江东去”一词。何物袁绹妄加品骘，后代奉为美谈，似欲以概子瞻生平。不知万顷波涛，来自万里，吞天浴日，古豪杰英爽都在，使屯田此际操觚，果可以“杨柳外晓风残月”命句否。且柳词亦只此佳句，馀皆未称。

又 唐诗三变愈下，宋词殊不然。欧、苏、秦、黄，足当高、岑、王、李。南渡以后，矫矫陡健，即不得称中宋、晚宋也。

徐喈凤《荫绿轩词证》 词虽小道，亦各见其性情。性情豪放者，强作婉约语，毕竟豪气未除。性情婉约者，强作豪放语，不觉婉态自露。故婉约固是本色，豪放亦未尝非本色也。后山评东坡词“如教坊雷大使舞，虽极天下之工，要非本色”。此离乎性情以为言，岂是平论。

毛奇龄《中州吴孙庵词集序》 若夫宋人以词传，若张先，若秦观，若周，若柳，若晏同叔，皆不善他体。欧阳永叔、苏子瞻即善他体矣。欧词不减张，而小逊于秦、苏，则遂有起而诮之者。

王又华《古今词论》 张世文曰：“词体大略有二：一婉约，一豪放，盖词情蕴藉，气象恢弘之谓耳。然亦在乎其人，如少游多婉约，东坡多豪放，东坡称少游为今之词手，大抵以婉约为正也。所以后山评东坡，如教坊雷大使舞，虽极天下之工，要非本色。

贺贻孙《诗筏》 李易安云："王介甫、曾子固文章似西汉，若作一小歌词，则人必绝倒，不可读。而欧阳永叔、苏子瞻词，乃句读不葺之诗耳。"又尝记宋人有云："昌黎以文为诗，东坡以诗为词。"甚矣词家之难也。余谓易安所讥介甫、子固、永叔三人甚当；但东坡词气豪迈，自是别调，差不如秦七、黄九之到家耳。东坡自言平日不喜唱曲，故不中音律，是亦一短。以诗为词，难为东坡解嘲。若以为"句读不葺之诗"，抑又甚矣。

尤侗《王西樵炊闻卮语序》 眉山二苏，风流竞爽，独至填词则丈六琵琶，偏让老髯，而颍滨不得一语，以此定为兄弟耳。

又《三十二芙蓉词序》 世人论词，辄举苏、柳两家。然大苏"琼楼玉宇，高处不胜寒"，神宗叹为爱君；而柳七"晓风残月"有登溷之讥；至"太液波翻"忤旨抵地而罢；何遭遇之悬殊耶？予谓二子立身各有本末，即词亦雅俗自别。东坡"柳绵"之句，可入女郎红牙，使屯田赋《赤壁》，必不能制将军铁板之声也。

沈谦《读词杂说》 词不在大小浅深，贵于移情。"晓风残月"、"大江东去"，体虽殊，读之皆若身历其境，惝恍迷离，不能自主，文之至也。

又 东坡"似花还似非花"一篇，幽怨缠绵，直是言情，非复赋物。

又 学周、柳，不得见其用情处。学苏、辛，不得见其用气处。当以离处为合。

邹祗谟《远志斋词衷》 有二句合作一句，一句分作二句者，字数不差，妙在歌者上下纵横所协。此自确论。但子瞻填长调多用此法，他人即不尔。

又 词有檃括体，有回文体。回文之就句回者，自东坡、晦庵始也。

王士禛《花草蒙拾》 名家当行，固有二派。苏公自云："吾醉后作草书，觉酒气拂拂，从十指间出。"黄鲁直亦云："东坡书挟海上风涛之气。"读坡词当作如是观。琐琐与柳七较锱铢，无乃为髯公所笑。

王士禛《倚声集序》 诗馀者，古诗之苗裔也。语其正，则南唐二主为之祖，至漱玉、淮海而极盛，高、史其嗣响也。语其变，则眉山导其源，至稼轩、放翁而尽变，陈、刘其馀波也。有诗人之词，唐蜀五代诸人是也；有文人之词，晏、欧、秦、李诸君子是也；有词人之词，柳永、周美成、康与之之属是也；有英雄之词，苏、陆、辛、刘是也。至是声音之道乃臻极致，而诗之为功，虽百变而不穷。

王士禛《分甘馀话》 凡为诗文贵有节制，即词曲亦然。正调至秦少游、李易安为极致，若柳耆卿则靡矣。变调至东坡为极致，辛稼轩豪于东坡，而不免稍过，若刘改之则恶道矣。学者不可以不辨。

王士禛《带经堂诗话》 词如少游、易安，固是本色当行，而东坡、稼轩直以太史公笔力为词，可谓振奇矣。

沈雄《古今词话·词话》 陈子宏曰：“近日词，惟周美成、姜尧章，而以东坡为词诗，稼轩为词论，此说固当。然词曲以委曲为体，独狃于风情婉恋，则亦易厌。回视苏辛所作，岂非万古一清风哉。”

又《古今词话·词品》 张炎曰：“词须要出新意，能如东坡清丽舒徐，出人意表，不求新而自新，为周、秦诸人所不能到。”

又 苏长公为游戏之圣，邢俊臣亦滑稽之雄。

徐釚《词苑丛谈》 李氏、晏氏父子、耆卿、子野、美成、少游、易安至矣，词之正宗也。温、韦艳而促，黄九精而刻，长公丽而壮，幼安辨而奇，又其次也，词之变体也。词体大略有二，一体婉约，一体豪放。婉约者欲其词调蕴藉，豪放者欲其气象恢宏。然亦存乎其人，如秦少游之作多是婉约，苏子瞻之作多是豪放。大约词体以婉约为正，故东坡称少游为今之词手；后山评东坡如教坊雷大使舞，虽极天下之工，要非本色。

又 苏东坡“大江东去”，有铜将军铁绰板之讥：柳七“晓风残月”谓可令十七八女郎按红牙檀板歌之。此袁绹语也，后人遂奉为美谈。然仆谓东坡词，自有横槊气概，固是英雄本色；柳纤艳处，亦丽以淫耳。

王弈清《历代词话》 居士词岂无去国怀乡之感，殊觉哀而不伤。又引皇甫牧《玉匣记》云：子瞻常自言生平有三不如人，谓着棋、吃酒、唱曲也。然三者亦何用如人。子瞻之词虽工，而多不入腔，盖以不能唱曲故耳。

纳兰性德《渌水亭杂识》 词虽苏、辛并称，而辛实胜苏。苏诗伤学，词伤才。

李调元《雨村词话》 今称东坡为坡翁，在宋时已然。沈端节克斋《朝中措》词末句云："解道浅妆浓抹，从来惟有坡翁。"

田同之《西圃词说》 陈眉公曰："幽思曲想，张、柳之词工矣，然其失则俗而腻也。伤时吊古，苏、辛之词工矣，然其失则莽而俚也。两家各有其美，亦各有其病。"斯为词论之至公。

又 华亭宋尚木徵璧曰："吾于宋词得七人焉，曰永叔秀逸，子瞻放诞，少游清华，子野娟洁，方回鲜清，小山聪俊，易安妍婉。"

王晓堂《匡山丛话》 《后山诗话》云："子瞻以诗为词，如教坊大使之舞，虽极天下之工，要非本色。"余谓后山言太过。东坡词最多，其间佳者如"大江东去"赤壁词、中秋词、快哉亭、咏笛、咏梅，直造古人不到处，

"以诗为词"，是大不然。谓东坡不善唱曲，故间有不入腔处，信之矣。

郭麐《灵芬馆词话》 东坡以横绝一代之才，凌厉一世之气，间作倚声，意若不屑，雄词高唱，别为一宗。

周济《宋四家词选目录序论》 苏、辛并称，东坡天趣独到处，殆成绝诣。而苦不经意，完璧甚少。

周济《介存斋论词杂著》 人赏东坡粗豪，吾赏东坡韶秀。韶秀是东坡佳处，粗豪则病也。

又 东坡每事，俱不十分用力，古文、书、画皆尔，词亦尔。

又 世以苏、辛并称，苏之自在处，辛偶能到；辛之当行处，苏必不能到。二公之词，不可同日语也。

冯金伯《词苑萃编》卷二《旨趣》 唐诗三变愈下，宋词殊不然。欧、苏、秦、黄，足当高、岑、王、李。

吴衡照《莲子居词话》 苏、辛并称，辛之于苏，亦犹诗中山谷之视东坡也。东坡之大，与白石之高，殆不可以学而至。

方东树《昭昧詹言》 疆坞先生曰："东坡诗词天得，常语快句，乘云驭风，如不经虑而出之。凄淡豪丽，并臻妙诣。至于神来气来，如导师说无上妙谛，如飞仙天人，下视尘界。"

宋翔凤《乐府馀论》 人谓苏词多不谐音律，则以声调高逸，骤难上口，非无曲度也。如今日俗工，不能度北《西厢》之类。

又 按词自南唐以后，但有小令。其慢词盖起宋仁宗朝。中原息兵，汴京繁庶，歌台舞席，竞赌新声。耆卿失意无俚，流连坊曲，遂尽收俚俗语言，编入词中，以便伎人传习。一时动听，散播四方。其后东坡、少游、山谷辈，相继有作，慢词遂盛。东坡才情极大，不为时曲束缚。然《漫录》亦载东坡送潘邠老词：（略）按其词恣亵，何减耆卿。是东坡偶作，以付饯席。使人雅，则歌者不易习，亦风会使然也。

邓廷桢《双砚斋词话》 东坡以龙骧不羁之才，树松桧特立之操，故其词清刚隽上，囊括群英。院吏所云“学士词须关西大汉，铜琶铁板，高唱大江东去”，语虽近谑，实为知音。然如《卜算子》（词略），则明漪绝底，芗泽不闻，宜涪翁称之为不食人间烟火。而造言者谓此词为惠州温都监女作，又或谓为黄州王氏女作。夫东坡何如人，而作墙东宋玉哉？至如《蝶恋花》之“枝上柳绵飞又少，天涯何处无芳草”，坡命朝云歌之，辄泫然流涕，不能成声。《永遇乐》之“古今如梦，何曾梦觉，但有新欢旧怨”，和章质夫杨花《水龙吟》之“晓来雨过，遗踪何在，半池萍碎。春色三分，二分尘土，一分流水”，《洞仙歌》之“试问夜如何，夜已三更，金波澹，玉绳低转”，皆能簸之揉之，高华沉痛，遂为石帚导师，譬之慧能肇启南宗，实传黄梅衣钵矣。

谢章铤《赌棋山庄词话》 弇州谓苏、黄、稼轩，为词之变体，是也。

又 晏、秦之妙丽，源于李太白、温飞卿。姜、史之清真，源于张志和、白香山。惟苏、辛在词中，则藩篱独辟矣。读苏、辛词，知词中有人，词中有品，不敢自为菲薄，然辛以毕生精力注之，比苏尤为横出。吴子律曰："辛之于苏，犹诗中山谷之视东坡也。东坡之大，殆不可以学而至。"此论或不尽然。苏风格自高，而性情颇歉，辛却缠绵恻悱。且辛之造语俊于苏。若仅以大论也，则室之大不如堂，而以堂为室，可乎？"

又 慢词北宋为初唐，秦、柳、苏、黄如沈、宋，体格虽具，风骨未遒。片玉则如拾遗，骎骎有盛唐之风矣……北宋欧、苏以上如齐、梁，周、柳以下如陈、隋。

潘德舆《养一斋诗话》 陈履常谓东坡以诗为词，赵闲闲、王从之辈，均以为不然。称其词起衰振靡，当为古今第一。愚谓王、赵之徒推举太过也。何则？以诗为词，犹之以文为诗也。韩昌黎、苏眉山皆以文为诗，故诗笔健崛骏爽，而终非本色。以诗为词者，以诗为文，六朝俪偶之文是也。以词为诗，晚唐元人之诗是也。知以诗为文，以词为诗之失，则知矫之者之为健笔矣。而所失究在于不如其分也。夫太白以古为律，律不工而超出等伦；温、李以律为古，古即工而半无真气。持此为例，则东坡之诗词未能独占古今，而亦扫除凡近者欤？

冯煦《蒿庵论词》 晁无咎为苏门四士之一，所为诗馀，无子瞻之高华，而沉咽则过之。叶少蕴主持王学，所著《石林诗话》，阴抑苏、黄，而其词顾挹苏氏之馀波。岂此道与所问学，固多歧出邪？

沈曾植《菌阁琐谈》 东坡以诗为词，如雷大使之舞，虽极天下之工，要非本色，此后山《谈丛》语也。然考蔡絛《铁围山丛谈》，称上皇在位，时属升平，手艺之人有称者，棋则有刘仲甫、晋士明，琴则有僧梵如、僧全雅，教坊琵琶则有刘继安，舞则雷中庆，世皆呼之为雷大使，笛则孟水清，此数人者，视前代之技皆过之。然则雷大使乃教坊绝技，谓非本色，将外方乐乃为本色乎？

刘熙载《艺概·词概》 东坡词颇似老杜诗，以其无意不可入，无事不可言也。若其豪放之致，则时与太白为近。

又 太白《忆秦娥》声情悲壮，晚唐、五代惟趋婉丽，至东坡始能复古。后世论词者，或转以东坡为变调，不知晚唐、五代乃变调也。

又 东坡《与鲜于子骏书》云："近却颇作小词，虽无柳七郎风味，亦自成一家，一似欲为耆卿之词，而不能者。"然坡尝讥秦少游《满庭芳》词学柳七句法，则意可知矣。

又　东坡词具神仙出世之姿，方外白玉蟾诸家，惜未诣此。

又　东坡词在当时鲜与同调，不独秦七、黄九别成两派也。晁无咎坦易之怀，磊落之气，差堪骖靳。然悬崖撒手处，无咎莫能追蹑矣。

又　苏、辛皆至情至性人，故其词潇洒卓荦，悉出于温柔敦厚。或以粗犷托苏、辛，固宜有视苏、辛为别调者哉。

又　词品喻诸诗，东坡、稼轩，李杜也。耆卿，香山也。梦窗，义山也。白石、玉田，大历十子也。其有似韦苏州者，张子野当之。

又　苏、辛词似魏玄成之妩媚，刘静修词似邵康节之风流，倘泛泛然以横放瘦淡名之，过矣。

又　王敬美论诗云："河下舆隶，须驱遣另换正身。"胡明仲称"眉山苏氏词，一洗绮罗香泽之态，摆脱绸缪宛转之度，使人登高望远，举首高歌，而逸怀浩气，超乎尘埃之表。"此殆所谓"正身"者耶。

刘师培《论文杂记》　东坡之词，慨当以慷，间邻豪放。原注："如《满庭芳》、《大江东去》、《江城子》诸词是。"

陈廷焯《词坛丛话》　昔人谓东坡词胜于情，耆卿情胜于词，秦少游兼而有之。然较之方回、美成，恐亦瞠乎其后。

又 东坡词独树一帜，妙绝古今，虽非正声，然自是曲子内缚不住者。不独耆卿、少游不及，即求之美成、白石，亦难以绳尺律之也。后人以绳尺律之，吾不知海上三山，彼亦能以丈尺计之否耶。

又 东坡词，一片去国流离之思，哀而不伤，怨而不怒，寄慨无端，别有天地。

陈廷焯《白雨斋词话》 苏、辛并称，然两人绝不相似。魄力之大，苏不如辛。气体之高，辛不逮苏远矣。东坡词寓意高远，运笔空灵，措语忠厚，其独至处，美成、白石亦不能到。昔人谓东坡词非正声，此特拘于音调言之，而不究本原之所在。眼光如豆，不足与之辩也。

又 词至东坡，一洗绮罗香泽之态，寄慨无端，别有天地。《水调歌头》、《卜算子·雁》、《贺新凉》、《水龙吟》诸篇，尤为绝构。

又 太白之诗，东坡之词，皆是异样出色。只是人不能学，乌得议其非正声？

又 东坡、少游，皆是情馀于词。耆卿乃辞馀于情。解人自辨之。

又 张綖云："少游多婉约，子瞻多豪放，当以婉约为主。"此亦似是而非，不关痛痒语也。诚能本诸忠厚，而出以沉郁，豪放亦可，婉约亦可，否则豪放嫌其粗鲁，婉约又病其纤弱矣。

又　北宋如东坡、少游、方回、美成诸公，亦岂易及耶。

又　东坡词豪宕感激，忠厚缠绵，后人学之，徒形粗鲁。故东坡词不能学，亦不必学。

又　东坡心地光明磊落，忠爱根于性生，故词极超旷，而意极和平。稼轩有吞吐八荒之概，而机会不来。正则可以为郭、李，为岳、韩，变则即桓温之流亚。故词极豪雄，而意极悲郁。苏、辛两家，各自不同。后人无东坡胸襟，又无稼轩气概，漫为规模，适形粗鄙耳。

又　和婉中见忠厚易，超旷中见忠厚难，此坡仙所以独绝千古也。

又　宋词有不能学者，苏、辛是也……然苏、辛自是正声，人苦学不到耳。

又　人知东坡古诗古文，卓绝百代。不知东坡之词，尤出诗文之右。盖仿九品论字之例，东坡诗文纵列上品，亦不过为上之中下。若词则几为上之上矣。此老生平第一绝诣，惜所传不多也。

又　东坡词全是王道。稼轩则兼有霸气，然犹不悖于王也。

又　白石仙品也。东坡神品也，亦仙品也。梦窗逸品也。

又　东坡一派，无人能继。

又　稼轩求胜于东坡，豪壮或过之，而逊其清超，逊其忠厚。玉田追踪于白石，格调亦近之，而逊其空灵，逊其浑雅。故知东坡、白石具有天授，非人力所可到。

又　东坡、稼轩，同而不同者也。

沈祥龙《论词随笔》　唐人词，风气初开，已分二派。太白一派，传为东坡，诸家以气格胜，于诗近西江。飞卿一派，传为屯田，诸家以才华胜，于诗近西昆。后虽迭变，总不越此二者。

张德瀛《词徵》　同叔之词温润，东坡之词轩骁，美成之词精邃，少游之词幽艳，无咎之词雄邈，北宋惟五子可称大家。

又　苏、辛二家，昔人名之曰词诗词论。愚以古词衡之曰，不用之时全体在，用即拈来，万象周沙界。

又　宋牧仲谓宋诗多沉僿，近少陵；元诗多轻扬，近太白。然词之沉僿，无过子瞻。长乐陈翼论其词云："歌《赤壁》之词，使人抵掌激昂，而有击楫中流之心。歌《哨遍》之词，使人甘心澹泊，而有种菊东篱之兴"，可谓知言。

张祥龄《词论》　辛、刘之雄放，意在变风气，亦其才只如此。东坡不耐此苦，随意为之，其所自立者多，故不拘拘于词中求生活。

王国维《人间词话》 昭明太子称陶渊明诗“跌宕昭彰，独超众类，抑扬爽朗，莫之与京”。王无功称薛收赋“韵趣高奇，词义晦远，嵯峨萧瑟，真不可言”。词中惜少此二种气象。前者唯东坡，后者唯白石，略得一二耳。

又 东坡之词旷，稼轩之词豪。无二人之胸襟而学其词，犹东施之效捧心也。

又 读东坡、稼轩词，须观其雅量高致，有伯夷、柳下惠之风。白石虽似蝉蜕尘埃，然终不免局促辕下。

又 苏、辛，词中之狂，白石犹不失为狷。若梦窗、梅溪、玉田、草窗、西麓辈，面目不同，同归于乡愿而已。

又 东坡之旷在神，白石之旷在貌。

又 故以宋词比唐诗，则东坡似太白，欧、秦似摩诘，耆卿似乐天，方回、叔原，则大历十子之流。

况周颐《蕙风词话》 东坡、稼轩其秀在骨，其厚在神。初学看之，但得其粗率而已。其实二公不经意处，是真率，非粗率也。余至今未敢学苏、辛也。

又 有宋熙、丰间，词学称极盛。苏长公提倡风雅，为一代山斗。黄山谷、秦少游、晁无咎皆长公之客也，山谷、无咎皆工倚声，体格于长公为近，唯少游自辟蹊径，卓然名家，盖其天分高，故能抽秘骋妍于寻常濡染之外，而其所以契合长公者独深。

蒋兆兰《词说》 宋代词家，源出于唐五代，皆以婉约为宗。自东坡以浩瀚之气行之，遂开豪迈一派。南宋辛稼轩，运深沉之思于雄杰之中，遂以苏、辛并称。

陈洵《海绡说词》 东坡独崇气格，箴规柳、秦，词体之尊，自东坡始。

蔡嵩云《柯亭词论》 东坡词，胸有万卷，笔无点尘。其阔大处，不在能作豪放语，而在其襟怀有涵盖一切气象。若徒袭其外貌，何异东施效颦。东坡小令，清丽纡徐，雅人深致，另辟一境。设非胸襟高旷，焉能有此吐属。

陈匪石《声执》 然而婉约之与豪放，温厚之与苍凉，貌乃相反，从而别之曰阳刚，曰阴柔。周济且准诸风雅，分为正变，则就表著于外者言之，而仍只舒敛之别尔。苏、辛集中，固有被称为摧刚为柔者。即观龙川，何尝无和婉之作。

又 叫嚣儇薄之气皆不能中于吾身，气味自归于醇厚，境地自入于深静。此种境界，白石、梦窗词中往往可见，而东坡为尤多。

又 苏轼寓意高远，运笔空灵，非粗非豪，别有天地。

吴梅《词学通论》 东坡词在宋时已议论不一，如晁无咎云："居士词，人多谓不谐音律，然横放杰出，自是曲子内缚不住者。"陈无已云："东坡以诗为词，如教坊雷大使之舞，虽极天下之工，要非本色。"陆务观云："世言东坡不能词，故所作乐府词多不协。晁以道谓绍圣初与东坡别于汴下，东坡酒酣，自歌古《阳关》，则公非不能歌，但豪放不喜裁剪以就声律耳。"又云："东坡词歌之，曲终觉天风海雨逼人。"胡致堂云："词曲至东坡，一洗绮罗香泽之态，摆脱绸缪宛转之度，使人登高望远，举首高歌，逸怀浩气，超乎尘垢之外，于是《花间》为皂隶，而耆卿为舆台矣。"张叔夏云："东坡词清丽舒徐处，高出人表，周、秦诸人所不能到。"此在当时，毁誉已不定矣。至《四库提要》云："词至晚唐五季以来，以清切婉丽为宗，至柳永而一变，如诗家之有白居易，至轼而又一变，如诗家之有韩愈，遂开南宋辛弃疾等一派。寻源溯流，不能不谓之别格，然谓之不工则不可。"此为持平之论。余谓公词豪放缜密，两擅其长。世人第就豪放处论，遂有铁板铜琶之诮，不知公婉约处何让温、韦，如《浣溪沙》云："彩索身轻长趁燕，红窗睡重不闻莺。"《祝英台》云："挂轻帆，飞急桨，还过钓台路。酒病无聊，敧枕听呜橹。"《永遇乐》云："天涯倦客，山中归路，望断故人心眼。燕子楼空，佳人何在，空锁楼中燕。"《西江月》云："高情已逐晓云空，不与梨花同梦。"此等处与“大江东去”、“把酒问青天”诸作，如出两手，不独“乳燕飞华屋”、“缺月挂疏桐”诸词，为别有寄托也。要之，公天性豁达，襟抱开朗，虽境遇迍邅，而处之坦然，即去国离乡，初无羁客迁人之感。惟胸怀坦荡，词亦超凡入圣。后之学者，无公之胸襟，强为摹仿，多见其不知量耳。